Tilo Ballien

Die KlonFarm

Militzke *mobile*

Tilo Ballien

Die KlonFarm

Thriller

Militzke

ERSTER TEIL

María stolperte mit unsicheren Schritten die staubige Straße entlang. Obwohl die Sonne bereits glutrot hinter den flachen Häusern des Elendsviertels am alten Mercado Oriental stand und die tropisch schnell hereinfallende Nacht in wenigen Minuten alles Licht ringsum geschluckt haben würde, war die Luft noch heiß und trocken. Es würde auch in der Nacht nicht wesentlich abkühlen: Managua war nun einmal eine der heißesten Hauptstädte der Welt.

Bald würde es stockdunkel sein. In diesem Barrio gab es zwar elektrischen Strom, nur konnten ihn sich die wenigsten Menschen leisten, und wer den Strom nicht stahl, saß bald im Dunkeln oder beim trüben Schein diffuser Tranfunzeln.

María schwitzte, nicht nur der Hitze wegen. Ihre Knie zitterten. Sie hielt sich an einem der windschiefen, von der ständigen Trockenheit ausgebleichten Strommasten fest, um einen Moment auszuruhen. Der Weg nach Hause war noch weit vom Krankenhaus, das früher nach »Carlos Marx« benannt gewesen war und wo einst die Patienten ohne Ansehen der Person kostenlos behandelt wurden. Aber das war lange her. Heutzutage kostete allein eine Diagnose so viel Geld, daß die Armen sich nicht einmal das leisten konnten, von einer Therapie ganz zu schweigen.

Für ihre »Behandlung« hatte María dreihundert Dollar bezahlt. Das war ein Freundschaftspreis von Dr. González, den er ihr als »angehender Kollegin« eingeräumt hatte.

Die junge Frau preßte gegen den Staub ein kleines Stofftuch vor Mund und Nase und atmete tief durch. Trotz ihrer Schwäche mußte sie schmunzeln: Wer sie so sah, wie sie leicht schwankend am Mast lehnte, mußte sicher denken, sie habe zu tief ins Glas geschaut.

»Bleiben Sie, María!« hatte Dr. González eindringlich in seiner väterlichen Art geraten. »Auch wenn es nur ein kleiner Eingriff war, so hat er Sie doch angestrengt!«

Aber María war gegangen. Sie mußte gehen. Die Leute im Barrio warteten auf sie, vor allem wartete Conchita auf sie, ihre erst sechzehnjährige Gehilfin im Gesundheitsposten. Nein, sie mußte gehen, schließlich trug sie eine große Verantwortung.

María wischte sich den Schweiß von der Stirn. Vielleicht hätte sie doch besser ein Taxi genommen, aber sie wollte die fünf oder sieben Dollar sparen, die es gekostet hätte. Dreihundert Dollar! Das waren mehr als sechs Monatsgehälter! Jetzt hieß es, mit jedem Centavo zu geizen.

Nur mit äußerster Mühe hatten sie und ihre Familie das Geld zusammenbekommen, etliches von Verwandten geliehen und den größten Brocken vom dicken Chávez, der an der Ecke des Barrios, wo es in ein etwas besseres Viertel überzugehen begann, einen dubiosen Laden betrieb, wo er alle möglichen Geschäfte abwickelte, die, wie man munkelte, zum größten Teil in einer Grauzone zwischen Legalität und Gaunerei angesiedelt und deshalb um so einträglicher waren.

»Legal! Illegal!« pflegte er zu höhnen, wenn der Laden mit Leuten voll stand, die sich eine Büchse Victoria leisten konnten. »Wer weiß denn heute noch, was recht und was unrecht ist? Vor ein paar Jahren hätte ich es noch gewußt. Und es auch respektiert, das wißt ihr alle. Aber bei dieser Regierung?«

Und dann stülpte er, wie jedesmal nach einer solchen Rede, seinen dicken Schnauzer über die eigene Büchse Bier, um sich den Frust mit einem kräftigen Schluck hinunterzuspülen.

Der dicke Chávez war zu seiner Zeit ein militanter Linker der Sandinistischen Partei Nicaraguas gewesen, deren Niedergang nach mehreren verlorenen Wahlen María noch gut in Erinnerung war, denn das ganze Viertel hatte nicht glauben können, daß seine Helden abermals den Rechten und unverbesserlichen Anhängern des früheren Diktators Somoza unterlegen waren. Seither bekämpfte Chávez auf seine individuelle Weise die wechselnden, aber immer korrupten Regierungen des Landes. Legal? Illegal?

»Es gibt heute keine Moral mehr!« meinte er lakonisch und wischte sich desillusioniert das Bier aus dem Bart. »Warum sollte ausgerechnet ich mir diesen Luxus erlauben?«

Und so schmierte er in aller Gemütsruhe und ohne einen einzigen Gewissensbiß in ihm jeweils angemessener erscheinender Höhe die Polizisten und anderen Behördenvertreter, die sich gelegentlich in dieses als kriminell verschriene Viertel der Hauptstadt wagten. Zweihundert Dollar hatte er zu Marias »Behandlung» beigesteuert, ohne überhaupt zu fragen, wofür Marias Vater so viel Geld denn brauche. Das schien er auch gar nicht nötig zu haben: Irgendwie wußte der dicke Chávez immer alles, was im Barrio vor sich ging.

»Ich weiß nicht, wann und ob überhaupt wir es zurückzahlen können, Don Paco!» hatte Marias Vater ihm gesagt, und María hatte Chávez angeschaut mit der leisen Hoffnung, er werde das Geld nicht geben, so daß die »Behandlung« unmöglich würde.

»Schon in Ordnung, Silvio, alter Knabe«, hatte Chávez gleichmütig geantwortet und mit Blick auf María ein Auge zugekniffen, als sei ihm ein Staubkorn hineingeraten. »María ist ein gutes Mädchen. Es wäre das Beste für unser Barrio und unsere Leute, wenn sie ohne Unterbrechung ihr Studium beenden und hier weiterarbeiten könnte.«

María hatte verschämt die Augen niedergeschlagen. Ihre ganze Familie legte sich krumm, damit sie ihr Medizinstudium an der Katholischen Universität beenden könnte. Vater war seit Jahren arbeitslos und nahm jeden Tagesjob an, der sich ihm bot, aber die Gelegenheiten dazu waren sehr selten. Mutter trug durch ihren Tortillaverkauf zum Einkommen der Familie bei, und die jüngeren Geschwister halfen, so gut sie es neben der Schule konnten. Zwar hatte María ein Stipendium, so daß sie nur Bücher, Hefte und den anderen Kleinkram für das Studium bezahlen mußte, aber die fünfundvierzig Dollar, die sie, dank einer humanitären Organisation aus Europa, pro Monat im Gesundheitsposten verdiente, reichten natürlich hinten und vorne nicht, sondern ermöglichten gerade so den Kleinen den Schulbesuch. Aber sie war auch stolz: Sie war die einzige im ganzen Barrio, die es nach dem Ende der Sandinisten je auf die Universität geschafft hatte. In zweieinhalb Jahren würde sie das Studium abschließen, vielleicht sogar mit Doktortitel. Und ohne sie würde es den Gesundheitsposten im Barrio wahrscheinlich längst nicht mehr geben.

Wäre es also falsch und egoistisch gewesen, auf die »Behandlung» zu verzichten? María wußte es nicht und konnte es nicht entscheiden. Nächtelang hatte sie überlegt, sich gesagt, daß andere junge Frauen es ja auch schafften, aber dann hatte sie wieder genau gewußt: nein, sie war zu wichtig für die Leute hier, sie mußte ihr Studium so schnell wie möglich beenden, dazu war sie verpflichtet.

Und so war es jetzt, wie es nun einmal war. Nun stand sie hier also an den Strommast gelehnt wie eine Besoffene, mit weichen Knien und dem schwachen Stolz, daß sie richtig gehandelt hatte. Sie versuchte, die Schmerzen im Unterleib zu ignorieren, und wischte sich mit dem kleinen Tuch den Schweiß von der Stirn.

Ein leichter, wenig kühlender Wind kam auf, da die Sonne fast gänzlich verschwunden war und den Himmel mit einem Kardinalspurpur überzog, das den Blick betörte. María stieß sich mit einem Seufzer, aber doch entschlossen, von dem sirrenden und kaum merklich vibrierenden Strommast ab und nahm ihren Weg wieder auf. Noch gab es genug Licht, um die zersprungenen Betonplatten des schmalen Gehweges und die sie durchstoßenden Wurzeln der Bäume zu erkennen, um nicht über sie zu fallen. Die Schmerzen waren erträglich, aber sie mußte sich beeilen, um den Gesundheitsposten zu erreichen. Hinsetzen, sich endlich hinsetzen! Das meiste könnte sie an Conchita delegieren und sich ganz auf Beratung konzentrieren, was sie nicht sehr anstrengen würde.

María preßte eine Hand auf den Leib und das Tuch wieder über Mund und Nase. Sie stapfte los. Noch einen Kilometer, eineinhalb höchstens. Um diese Zeit war wenig los auf den verwahrlosten Straßen. Wer Strom hatte, schaute die kitschige Telenovela im Fernsehen, die tägliche Droge der Armen. Wer keinen Strom hatte, besorgte in Haus und Hof, was noch bei dem restlichen Tageslicht zu erledigen war. Der leise Wind wirbelte Staub auf und erfrischte sie ein wenig. Die Schmerzen ließen spürbar nach, und sie konnte ohne allzu große Mühe ein wenig schneller gehen.

María bemerkte den großen Geländewagen erst, als er genau neben ihr war.

»Hola!« grinste ein gutaussehender junger Mann, der mit seinem halben Oberkörper aus dem Wagenfenster hing.

María drehte den Kopf weg. Das war das Letzte, was sie jetzt ertragen könnte: einer dieser neureichen jungen Schnösel auf der Suche nach einer Bekanntschaft für eine Nacht. Wenn doch wenigstens Valentín hier wäre! Aber Valentín war weit. Er arbeitete jetzt in Miami in irgendeinem Hotel als Kofferträger oder Tellerwäscher. Im Nicaragua von heute hatte er als Agraringenieur keine Chance.

»Es muß sein, Amor, für dich und mich und unsere Zukunft«, hatte er, pathetisch, wie es manchmal seine Art war, vor vier Monaten beim Abschied auf dem Flughafen gesagt. Damals hatten sie beide noch keine Ahnung gehabt, daß María heute in einer so peinlichen Situation sein würde. Selbstverständlich hatte sie ihm kein Wort darüber geschrieben, um ihn nicht zu beunruhigen. Valentín wäre imstande gewesen, mit dem nächsten Flugzeug nach Hause zu kommen, um bei ihr zu sein. Ay, Valentín!

»He, María!« rief der junge Mann aus dem Wagen. »Sie sind doch María Morales, nicht wahr?«

María blieb stehen. Er war ein unangenehmer Typ mit schreiend buntem Hemd und spiegelnder Sonnenbrille.

»Doktor González schickt mich! Warum sind Sie weggelaufen? Sie werden sich schaden!«

María sah ihn stumm an. Sie wischte sich die Schweißperlen von der Stirn, während der junge Mann lässig aus dem Wagen stieg und auf sie zukam.

»Ich soll Sie zurückbringen.«

María schüttelte den Kopf und wandte sich zum Weitergehen. Im selben Moment spürte sie ein nasses Tuch auf dem Gesicht. Es war kühl und hatte einen durchdringenden Geruch. Chloroform, dachte sie noch mechanisch, bevor es dunkel um sie wurde.

»Bitte treten Sie näher, nehmen Sie Platz!«

Die Powells gingen verlegen und zögernd zu den eleganten Ledersesseln der Sitzgruppe, die im Hintergrund des weitläufigen, fast leeren Büros vor dem riesigen Panoramafenster mit Blick auf den Central Park placiert war.

»Aber ich bitte Sie, setzen Sie sich doch! Darf ich Ihnen einen Drink anbieten?«

»Einen Tee vielleicht?«

Caroline Powell brachte die kleine Bitte kaum heraus. Die Kehle war ihr wie zugeschnürt.

»Selbstverständlich, sofort. Und für Sie, Mr. Powell?«

»Einen Cognac, wenn es möglich ist. Aber sollten wir die Namen nicht weglassen?«

Arthur Powell ließ sich in einem der Sessel nieder, blieb aber in gespannter Haltung auf der vorderen Kante sitzen, als wolle er sich die Möglichkeit offenhalten, jederzeit aufspringen zu können.

»Einen Cognac, sehr gern, Mr. Powell.«

Mr. Cornwall betätigte eine Taste der Gegensprechanlage auf seinem Schreibtisch, auf dem sich außer diesem Gerät und einem Telefon neben einer hypermodernen Lampe nichts weiter befand. Keine Akten, kein Papier, nicht einmal Notizzettel oder Stifte, absolut nichts.

»Tee und Cognac, Miß Heart.«

Er ließ mit einer schwungvollen Geste, die Dynamik und

Selbstvertrauen erkennen ließ, die Taste der Sprechanlage hochschnellen und wandte sich wieder an die Powells, die stocksteif wie zwei Schüler während einer Prüfung vor ihm saßen.

»Sorgen Sie sich nicht, Mr. Powell, aus diesen Räumen dringt kein Wort, sie sind absolut abhörsicher.«

Mr. Cornwall setzte sich, ebenfalls in sehr aufmerksamer Haltung, wenn auch etwas gelöster als seine beiden Gegenüber, auf das helle Sofa vor dem Panoramafenster mit dem gleißend hellen Nachmittagshimmel über New York. Er senkte seine Stimme um eine winzige, aber bedeutungsschwere Nuance. Er strahlte Sicherheit und Vertrauenswürdigkeit aus.

»Lassen Sie mich bitte einige Vorbemerkungen machen«, begann er. »Sie sind hier aufgrund des kleinen Vorgesprächs, das wir vor einer Woche führten. Ich gehe davon aus, daß Sie mit niemandem, auch nicht jenem gemeinsamen Bekannten, der uns zufällig zusammenführte, über unser heutiges Treffen gesprochen haben. Sie sind, wie vereinbart, nicht auf direktem Wege gekommen. Sie haben zweimal das Taxi gewechselt. Sie haben verschiedene Geschäfte aufgesucht, haben dabei übrigens, wenn ich das sagen darf, einen ausgezeichneten Geschmack bewiesen, und dann im Café dieses Gebäudes Eis gegessen.«

Mr. Cornwall bemerkte die Blicke, die die Powells tauschten, ihrer ein wenig überrascht, seiner mit einer gewissen Anerkennung.

»Sie haben den Aufzug und für die letzten zwei Stockwerke die Treppe benutzt, wofür ich mich entschuldige. Es ist aber, wie Sie einsehen werden, in unser aller Interesse. Sie wurden von keiner Sekretärin empfangen, Sie werden von keiner Sekretärin verabschiedet werden, es wird keine schriftlichen Abmachungen zwischen uns geben. Dieses Büro wird nicht überwacht, auch nicht von uns selbst. Da müssen und können Sie mir vertrauen, so wie wir Ihnen selbstverständlich ebenfalls vollkommen vertrauen.«

Die Powells nickten. Ja, sie hatten pedantisch alle Anweisungen beachtet, die sie in dem knappen Telefonat vor einer

Woche erhalten hatten. Ja, das, weshalb sie nach New York gereist waren, verlangte bedingungsloses Vertrauen von beiden Seiten.

»Sie verstehen, daß wir ein wenig, wie soll ich sagen, konspirativ vorgehen müssen. Das ist zwar nicht schön, aber in der gegebenen Situation unvermeidlich. Wir müssen sicherstellen, daß sich keine Leute an uns heranmachen, die unser Projekt bekämpfen würden, wenn sie Kenntnis davon hätten. Wir haben daher seit unserer ersten Begegnung einige Erkundigungen über Sie eingeholt. Ich hoffe, Sie werden das verstehen und tolerieren.«

Wieder nickten die Powells stumm ihr Einverständnis. Sie hatten sich nach langen inneren Kämpfen zu diesem Schritt entschlossen und mußten jetzt den einmal begonnenen Weg nehmen, wie er eben war.

Mit einem leisen Surren öffnete sich eine kleine, in die Wand neben dem Sofa eingelassene Tür. In dem chromglänzenden Lastenaufzug standen die bestellten Getränke und das Geschirr.

»Sehen Sie, Miß Heart wird Sie nicht kennenlernen.« Mr. Cornwall schmunzelte, während er den Tisch deckte und den Tee und Cognac eingoß. »Übrigens würden Sie dieses Büro morgen nicht mehr vermietet finden. Wie wir zukünftig in Kontakt bleiben, erkläre ich Ihnen, wenn wir uns einig werden, am Ende unserer Besprechung. Zitrone oder Milch in den Tee?«

»Zitrone und Zucker, danke.«

Arthur Powell nahm seinen Cognac und ließ sich etwas bequemer in den Sessel rutschen. Mr. Cornwall erhob sein Glas und prostete dem Ehepaar zu.

»Aber ich denke, wir werden uns einig werden.«

Die Männer tranken sich zu, Caroline Powell nippte an dem dampfenden grünen Tee.

»Sehen Sie, Mr. Cornwall«, begann Arthur Powell zögernd, »unser Problem ist folgendes. Unser Sohn ist jetzt drei Monate alt...«

» ...und ein wenig kränklich!» ergänzte Cornwall. »Aber nennen Sie mich Pitchie.«

Caroline Powell war bei der Erwähnung ihres Sohnes beinahe in Tränen ausgebrochen.

»Kränklich ist das falsche Wort, Pitchie», erklärte Arthur. »Er ist, sagen die Ärzte, nun, äh, etwas schwächlich, ein Siebenmonatskind, verstehen Sie.«

Er nahm einen winzigen Schluck aus seinem Glas. Dann fügte er mit belegter Stimme hinzu: »Meine Frau wird keine weiteren Kinder mehr bekommen können.«

Es war Trauer, vielleicht Bitterkeit, aber kein Vorwurf in seinem Ton, vielmehr schwang eine große Zärtlichkeit darin. Er drückte mit einer verstohlenen Geste die blasse Hand seiner Frau.

Cornwall musterte die Powells. Beide Ende dreißig, Computerbranche, sehr vermögend, ihr schlicht elegantes Kostüm vermutlich von Versace, sein Doppelreiher mit feinen Nadelstreifen aus bestem englischen Stoff.

»Arthur... Ich darf Sie doch Arthur und Caroline nennen, nicht wahr?« Pitchie Cornwall hob mit einer bedauernden Hilflosigkeit signalisierenden Geste die Hände. »Bitte glauben Sie mir, dieses Problem ist weiter verbreitet, als Sie sicher vermuten. Tabuthema, tja. Aber dafür sind wir schließlich da.«

Er sah die Powells mit einer Freundlichkeit an, die die beiden endgültig für ihn einnahm.

»Ich weiß, daß es Ihnen schwerfällt, darüber zu sprechen. Und ich weiß, daß das nicht Ihr einziges Problem ist, sonst hätten Sie sich schließlich eine Leihmutter nehmen können, um ein zweites Kind zu bekommen.«

»Sie haben recht, Pitchie«, kam es sehr zögerlich von Arthur, dem der Kloß im Hals die Stimme rauh machte. »Es ist so, daß ich ...«

»...daß Sie einen, sagen wir, kleinen Unfall hatten ...«, half Pitchie Cornwall über die Peinlichkeit hinweg. Dann wurde sein Ton härter: »Dieser leichtsinnige Umgang mit strahlendem Material in der Armee ist ein Skandal erster Güte!«

Caroline Powell goß sich rasch einen Cognac ein, während Arthur sich freihustete.

»Sie wissen davon? Aber wie haben Sie das erfahren?« fragte er halb erstaunt, halb entsetzt. Der Unfall mit einer der intelligenten Waffen der neuesten Generation, den er bei einer Reserveübung erlitten hatte, war der strengsten Geheimhaltung unterworfen worden. Außer seinem Freund Howie, der dabeigewesen war, den Vorgesetzten und den behandelnden Ärzten wußte niemand davon.

»Wir wissen auch, daß dieser Unfall ein schwerer Schock für Sie, Caroline, und damit Ursache für die Frühgeburt Ihres KIndes war«, erklärte Pitchie Cornwall mit größter Gelassenheit, ohne die Powells aus den Augen zu lassen. Sie zeigten sich zu seiner Zufriedenheit mehr als beeindruckt. Beide waren etwas blaß, aber gefaßt. Caroline Powell nippte erneut an ihrem Cognac, den sie nun dem Tee vorzuziehen schien.

Die ersten Hürden waren genommen. Pitchie Cornwall richtete sich auf.

»Ich möchte Ihnen einfach einmal unser Angebot vortragen.«

Ohne die verbindliche Freundlichkeit aufzugeben, nahm Cornwalls Stimme nun einen geschäftsmäßigen und betont sachlichen Ausdruck an.

»Ich nehme an, daß Sie sich über die technische Seite der Sache einigermaßen informiert haben. Unsere Erfolgsquote liegt derzeit bei 34,7 Prozent. Erstaunlich, nicht wahr, aber das ist der Fortschritt, wenn man am Ball bleibt«, erklärte er mit einem Unterton verhaltener Begeisterung, um dann nachdenklich anzufügen: »Ohne praxisorientierte Forschung wären wir längst nicht soweit. Alles bliebe nur Theorie, ohne praktischen Nutzen ... Aber das nur am Rande.«

Er wehrte mit einer freundlich entschiedenen Handbewegung eine Zwischenfrage ab, die Arthur anscheinend stellen wollte.

»Bitte lassen Sie mich im Zusammenhang vortragen. In der Konsequenz bedeutet diese Erfolgsquote, daß wir zehn bis zwölf, besser fünfzehn bis zwanzig Zellen Ihres Sohnes bekommen müßten, damit wir mit Sicherheit, sagen wir, drei Reproduktionen erhalten. Unser absolutes Maximum liegt übrigens bei fünf. Wir empfehlen drei.«

»Entschuldigen Sie, Pitchie!« unterbrach Arthur nun doch und bemühte sich um einen gleichfalls sachlichen Ton, der ihm allerdings nicht so gut gelang wie Cornwall. »Wie kommen Sie auf die Zahl drei?«

»Nun, das hat zum einen organisatorische Gründe: die Kapazität der Labors, die Auslastung des Personals, die Größe der Gesamtanlagen, die ich Ihnen gleich noch erklären wede und so weiter.«

Arthur Powell nickte. Ja, selbstverständlich, schließlich war diese Organisation im Grunde vermutlich nicht anders strukturiert als seine eigene Firma.

»Zum anderen ist es eine, wie soll ich sagen, auch ökonomische Frage für Sie wie für uns. Wozu benötigen Sie die Reproduktionen? Wissen Sie, ich hasse den Ausdruck Ersatzteillager, aber Sie werden zugeben, daß er in gewisser Weise genau trifft. Ihr Junior wird krank, er benötigt eine Niere, eine Lunge, ein Herz, je nachdem. Transplantation ohne Risiko der Organabstoßung. Das ist ja gerade der Vorteil der Identität! Anders als bei Organen von transgenen Schweinen, wo immer wieder Unfälle passieren. Dasselbe im Fall eines Unfalls, kann alles passieren, da kann man noch so aufpassen, nicht wahr. In die Zukunft können wir schließlich leider, oder glücklicherweise, noch nicht blicken. Er braucht Augen, vielleicht grössere Flächen Haut ...«

Cornwall schaute vom nachdenklich wirkenden Arthur hinüber zu Caroline Powell, die die Augen blicklos auf ihre Hände gerichtet hielt, die in ihrem Schoß das Cognacglas kaum merklich zittern ließen.

»Was sagt denn die gentechnische Untersuchung?«

»Oh, da ist alles in bester Ordnung!» beeilte sich Caroline, wie aufgeschreckt aus ihrer Versunkenheit, einzuwerfen. »Junior ist eben nur ein wenig schwächlich, etwas anfällig.«

»Um so besser!«

Pitchie Cornwall zeigte sich sehr zufrieden und nahm seinen Vortrag wieder auf: »Sie sollten sich allerdings sehr rasch entscheiden, damit im Fall der Fälle die notwendigen Organe der Reproduktionen denen Ihres Juniors in Größe und Leistungsfähigkeit entsprechen. Und falls Sie die Nabelschnur nicht haben einfrieren lassen ...«

»Doch, das haben wir!« rief Caroline aufgeregt. »Eigentlich nur aus einem Gefühl heraus ...«

»Dann ist der Erfolg so gut wie garantiert. Sie wissen sicher, daß aus allen Zellen neue Lebewesen kloniert werden können, aber je weniger sie sich bereits als ein bestimmter Teil des Körpers spezialisiert haben , um so besser.«

Pitchie Cornwall hob sein Glas und prostete Caroline und Arthur zu. Sie war hochrot im Gesicht und warf Arthur einen triumphierenden Blick zu.

»Und Sie werden mit drei Reproduktionen auskommen, glauben Sie mir. Zwar gibt es unsere humanitäre Dienstleistung, wie ich sie gern nenne, noch nicht lange genug, um über abschließende Erfahrungswerte zu verfügen, aber mit allergrößter Wahrscheinlichkeit wird es so sein. Denn, sehen Sie, durch die Entnahme des einen oder anderen Organs wird nicht zwangsläufig die Reproduktion als Ganzes unbrauchbar, nicht wahr.«

Die Powells sahen sich überrascht an: Diesen Aspekt hatten sie in ihren Überlegungen nicht berücksichtigt.

»Aber«, Caroline bemühte sich tapfer, den Frosch in ihrem Hals herunterzuschlucken, »was geschieht, wenn unser Junior, was Gott verhüten möge, irgendwann einmal, in zehn oder fünfzehn Jahren oder wann auch immer, einen wirklich schweren Unfall hat, ich meine, er rennt vor ein Auto und ist auf der Stelle ...«

Sie konnte das Wort nicht über die Lippen bringen. Pitchie Cornwall nickte ihr anerkennend und beruhigend zu.

»Sie berühren da einen wichtigen Punkt, Caroline, auf den ich jetzt gleich zu sprechen gekommen wäre. Sehen Sie, wir haben derartige, leider mögliche Situationen in unserem Programm berücksichtigt.«

Er beugte sich näher zu Caroline hin.

»Die Reproduktionen, die unter unserer Obhut heranwachsen, sollen nicht nur die potentiell besten Organlieferanten sein. Sie sollen das Original, wenn nötig, vollständig ersetzen können. Sie bleiben deshalb bis zum Ende ihres vierten Lebensjahres, wenn sie nicht anders benötigt werden, bei ihrer jeweiligen Leihmutter. So erhalten sie die für ihre psychische Entwicklung so wichtige Zuneigung, die sich erfahrungsgemäß zwischen der Frau und der Reproduktion, unterstützt von unseren Psychologen, aufbaut. Zur psychischen Gesundheit gehört auch, daß keine Reproduktion je von den anderen erfährt. Subjektiv muß sie sich als einzigartig empfinden, das ist sehr wichtig.«

Cornwall sprach nun mit Schwung und ließ erkennen, wie sehr er von dem Projekt überzeugt war. Arthur Powell hatte den Eindruck, daß Cornwall an dieser Konzeption direkt mitgearbeitet haben mußte.

»Nach Vollendung des vierten Lebensjahres kommen sie dann in eines unserer Vorschulinternate, das ist für die Bildung ebenso wichtig wie für ihr Sozialverhalten. Danach in die weiterführenden Schulen. Über Universitätsstudien kann ich Ihnen zum jetzigen Zeitpunkt verständlicherweise noch nichts sagen, so weit sind wir noch nicht, aber das hat schließlich auch noch ein paar Jahre Zeit, nicht wahr.«

»Das klingt alles recht überzeugend«, meinte Arthur und sah Caroline an.

»Werden wir«, sagte sie, ohne auf Arthurs Blick zu achten, »die, wie sagten Sie, die Reproduktionen kennenlernen? Können wir sie besuchen, damit wir sehen, wie sie sich entwickeln?«

»Auf keinen Fall!« Pitchie Cornwalls Stimme nahm ganz kurz einen scharfen Ton an, ehe er sehr einfühlsam fortfuhr:

»Sehen Sie, Caroline, wir täten weder Ihnen noch den Reproduktionen damit einen Gefallen, das verstehen Sie doch sicher. Bedenken Sie, welche enorme psychische Belastung eine Begegnung für Sie beide bedeuten würde. Es sind Reproduktionen, Kopien Ihres Juniors, denken Sie immer daran, schon aus Gründen des Selbstschutzes, Kopien, nichts weiter.«

Arthur Powell nickte heftig und griff nach der Hand seiner Frau, die das Cognacglas auf dem Tisch abgestellt hatte.

»Andererseits«, sagte er betont geschäftsmäßig, »welche Möglichkeiten der Kontrolle haben wir, daß Sie Ihren Teil der Abmachung erfüllen? Ich meine, Sie setzen viel Vertrauen voraus. Und Sie kassieren, wie ich vermute, dafür nicht gerade ein Trinkgeld.«

»Zum finanziellen Aspekt kommen wir gleich. Zuvor noch eine grundsätzliche Bemerkung: Unsere Dienstleistung, Arthur und Caroline, ist weltweit immer noch nicht legalisiert, sonst säßen wir schließlich nicht unter diesen doch etwas unwürdigen Bedingungen zusammen, nicht wahr. Aber das kommt noch, das kommt noch. Lange wird sich die Menschheit derartige Sentimentalitäten nicht mehr leisten können, schauen Sie sich doch um. Aber es ist eine Dienstleistung, eine humanitäre Dienstleistung für Menschen wie Sie, die unverschuldet in eine Notlage geraten sind, dazu ein notwendiges und zukunftsträchtiges Forschungsprojekt und erst in dritter oder vierter Linie auch ein Geschäft.«

Arthur Powell winkte ab: »Sie brauchen sich nicht zu entschuldigen, daß es ein Geschäft ist. Was ich meine...«

»Ich weiß, ich weiß: Vertrauen ist gut, Kontrolle ist besser. Lenin.« Pitchie Cornwall legte den etwas entrüsteten Ton seiner letzten Sätze wieder ab.

»Also: Sie erhalten von uns in regelmäßigen Abständen CD-ROMs, die den jeweiligen Entwicklungsstand der Reproduktionen dokumentieren. Sie werden verstehen, daß wir uns auch dabei vor Mißbrauch schützen müssen, so lange dieser fatale Unsinn der Illegalität anhält. Diese Aufnahmen dürfen nur von Ihnen beiden gesehen werden.«

Cornwall wandte sich besonders an Caroline: »Und selbstverständlich darf sie erst recht Ihr Junior niemals sehen!«

Die Powells nickten. Das alles war sehr befremdlich, aber durchaus einleuchtend. Cornwall selbst schien unter diesen Umständen zu leiden.

»Um auf Ihre Frage zurückzukommen, Caroline: Wir steuern die Entwicklung der Reproduktionen so, daß sie jederzeit in der Lage sind, für ihr Original einzuspringen. Das geht natürlich nicht ganz ohne Probleme. Ohne auf Einzelheiten eingehen zu wollen – wir hatten einen solchen Fall bisher auch noch nicht – müssen Sie sich mit dem Gedanken vertraut machen, bei dieser Konstellation einige Zeit, ein Jahr vielleicht oder länger, aus ihrem bisherigen Umfeld abzutauchen, eventuell ins Ausland zu gehen, bis Ihr Einfluß die Reproduktion dem Original täuschend ähnlich gemacht hat, und sie auch in der Öffentlichkeit an seine Stelle treten kann.«

Cornwall wandte sich an Arthur: »Sie verstehen, wir erreichen identische Reproduktionen, physisch und psychisch absolut gesund, aber die äußeren Einflüsse können nicht identisch sein. Die Wissenschaft geht heute davon aus, daß die Gene etwa siebzig Prozent der Persönlichkeitsentwicklung steuern, dreißig Prozent werden von der Umwelt bedingt. Deshalb erbitten wir in ihrem eigenen Interesse von unseren Kunden zweimal jährlich möglichst genaue Berichte, wenn es geht auch Videos und so weiter, über die Entwicklung des Originals, damit wir unsere Bemühungen danach ausrichten können.«

Wieder nickten die Powells verständnisvoll.

»Kommen wir nun also zum finanziellen Aspekt. Sie haben recht, Arthur, ganz billig ist unsere Dienstleistung nicht. Aber Sie haben nun einen Eindruck von dem hohen Aufwand, den wir für die Zufriedenheit unserer Kunden investieren müssen. Das alles unter – ich sage es noch einmal – leider konspirativen Bedingungen, was die Kosten zusätzlich in die Höhe treibt.«

Arthur Powell machte eine abwehrende Bewegung:

»Konkrete Zahlen, Pitchie!«

»Gern. Wie Sie sich denken werden, können wir uns mit unserer Dienstleistung unter diesen Bedingungen nur exklusiv an die weltweite finanzielle Elite wenden, die übrigens zu, sagen wir, fünfundneunzig Prozent mit der intellektuellen Elite identisch sein dürfte, nicht wahr, was ein weiterer Vorteil ist und das Projekt zusätzlich mehr als rechtfertigt.«

Arthur wiederholte seine Geste, die Cornwall bat, zur Sache zu kommen.

»Unser Vertrag, der mündlich bleibt, setzt eine Einstiegszahlung von einer Million Dollar voraus. Damit sind die gentechnische Analyse, die wir unabhängig von Ihren Informationen zu unserer Absicherung vornehmen, und die dreifache erfolgreiche Klonierung abgegolten. Pro Jahr derEntwicklung der Reproduktionen und pro Reproduktion werden zweihunderttausend Dollar fällig, zahlbar in von uns festgesetzten Raten jeweils nach Erhalt der CD-ROMs, auf denen Sie auch Hinweise bezüglich der Modalitäten der Zahlung erhalten. Diese Zahlung deckt die Grundkosten. Sollten Sie später besondere Wünsche in bezug auf die Ausbildung der Reproduktionen haben, können noch auszuhandelnde Beträge hinzukommen. Bei Organentnahme und Transplantation sind selbstverständlich die Operationskosten extra zu zahlen, wobei wir einen sehr fairen Preis garantieren. Wird eine Reproduktion durch Entnahme unbrauchbar, sind selbstverständlich keine weiteren Jahreskosten zu zahlen. Wird eine Reproduktion durch unser Verschulden unbrauchbar, erstatten wir die bis dahin geleisteten Jahreskosten, nicht aber den Einstiegsbetrag. Ich denke, das ist fair.«

Cornwall lehnte sich zurück und legte lässig einen Arm auf die Sofalehne.

»Das ist schon alles«, sagte er eine Spur zu lakonisch.

Die Powells sahen einander an. Ihre Augen signalisierten einander Zustimmung. Caroline Powell hatte Tränen im Augenwinkel, die sie sich rasch wegtupfte.

»Eine Frage habe ich dennoch, Pitchie«, sagte Arthur mit Bewunderung in der Stimme. »Wo in aller Welt haben Sie einen Ort gefunden, wo Sie dieses phantastische Projekt aufziehen konnten?«

Cornwall lachte auf.

»Ach, wissen Sie, das sollte Sie nicht kümmern!»

»Sie kommt zu sich.«

María hatte das Gefühl, aus einem tiefen, dunklen Brunnen an gleißendes Tageslicht gezogen zu werden. Die Stimme des Mannes klang angenehm ruhig, wenn sie María auch nur von sehr fern erreichte. Sie fühlte sich unendlich kraftlos. Was war geschehen? Warum konnte sie nichts sehen?

Sie lag auf etwas Hartem, Glattem, nur wenig Gepolstertem. Die Beine gespreizt und hochgelagert. Und, mein Gott, sie war nackt!

María erschrak und fröstelte. Instinktiv wollte sie sich mit den Händen bedecken. Ihre Hände waren seitlich vom Körper festgebunden! Die Füße auch! Was war hier los? Wo war sie überhaupt? Wer war dieser Mann? Wenn sie doch wenigstens etwas sehen könnte! Dieses gleißende Licht!

»Passen Sie doch auf, Schwester!«

Das war wieder die gelassene Männerstimme, nur eine Spur schärfer.

»Die Frau bewegt sich, sehen Sie das nicht?«

María fühlte, wie sich eine warme Hand beruhigend auf ihre Schulter legte. Der Mann sprach englisch. Wieso sprach der Mann englisch mit dem typischen, breiten Gringo-Akzent?

»Haben Sie keine Angst! Alles wird gut!«

Auch die Frau hatte eine angenehme, tiefsitzende Stimme. Auch sie sprach amerikanisches Englisch. Die Hand gab einen beruhigenden Druck auf Marias Schulter.

»Ich gebe Ihnen jetzt noch eine Spritze. Dann werden Sie auch gleich wieder sehen können.«

María wollte fragen, was überhaupt los sei, aber sie konnte weder ihre Zunge noch ihre Kiefer bewegen.

»Nicht sprechen! Ich bin Arzt, mein Name ist Dr. Pinter, Carl Pinter. Ich werde Ihnen gleich alles erklären. Schwester Ellen macht Ihnen noch eine kleine Injektion, dann ist es fürs erste überstanden. Fürs erste, ja.«

»Hoffentlich versteht sie uns überhaupt«, sagte die Schwester, während sie die Nadel an Marias Armbeuge ansetzte.

María spürte den Einstich der Injektionsnadel nicht, aber sie fühlte, wie eine Flüssigkeit heiß ihren Körper durchströmte, das Gehirn erreichte, und gleichzeitig das gleißende Licht dunkler wurde. Allmählich erkannte sie schemenhaft die Konturen eines über sie gebeugten Kopfes, eine Frau mit blonden Haaren, eine weiße Haube darauf, die Lippen in grellem Rot geschminkt. Die Lippen lächelten, auf den Zähnen klebten verwischte Spuren des Lippenstifts.

»Hallo!« sagte der Mund.

Das Gesicht verschwand. In Marias Gesichtskreis tauchte der Torso eines Mannes in grünem Kittel auf, verzerrt noch, wie durch ein starkes Weitwinkelobjektiv gesehen. Auch der Mann lächelte, während er dünne gelbliche Gummihandschuhe abstreifte. Ein gutaussehender Mann mit einem freundlichen Gesicht.

»Sprechen Sie nicht, das strengt Sie noch zu sehr an. Sie sprechen doch englisch, Sie können uns verstehen, nicht wahr?«

María wollte nicken, aber ihr Körper versagte. Sie senkte zum Zeichen der Zustimmung die Lider.

»Perfekt.« Der Arzt nickte zufrieden. »Sie werden sich fragen, wo Sie sind und was geschehen ist. Oder können Sie sich erinnern?«

María flatterte mit den Wimpern. Dr. Pinter lachte.

»Ich nehme an, Sie wollen nein sagen. Also, Sie sind hier im American Hospital Managua, unserem Armeekrankenhaus. Und Sie können heilfroh sein, daß Sie hier sind, heilfroh. Der junge Mann, der Sie uns gebracht hat, hat genau richtig gehandelt. Sie wissen, daß Sie auf der Straße zusammengebrochen sind?«

Auf der Straße zusammengebrochen? Wann? Wieso? Da war nichts. Nicht der Hauch einer Erinnerung.

»Sie haben keine Ahnung, nicht wahr, keine Ahnung. Aber keine Angst, das ist durchaus normal in einem solchen Fall. Kann gut sein, daß Sie sich nie mehr daran erinnern.«

Dr. Pinter räusperte sich, legte die Gummihandschuhe fort und beugte sich näher über María.

»Aber Sie wissen, daß Sie eine Abtreibung hatten?«

Abtreibung? Ja! Dr. González! Natürlich! Der Weg nach Hause... María senkte kurz die Lider und sah dann Dr. Pinter wieder groß an. Das Bild des Mannes wurde immer deutlicher.

»Erstaunlich, daß Sie sich daran erinnern, ganz erstaunlich. Wie auch immer. Sie haben jedenfalls urplötzlich und auf offener Straße eine starke Blutung bekommen, sehr stark. Wenn der junge Mann, der Bekannte von Dr. González, nicht gerade in der Nähe gewesen wäre und nicht so geistesgegenwärtig reagiert hätte, wären Sie uns hops gegangen, einfach hops, junge Frau. Aber Sie scheinen einen aufmerksamen Schutzengel zu haben.«

María sah Dr. Pinter inzwischen geradezu überscharf. Er hatte dunkelblonde Haare, die ihm ein wenig struppig und wirr vom Kopf abstanden. Seine Gesichtshaut war rot und von Sommersprossen übersät. Mit seinen blonden Augenbrauen und Wimpern sah er nicht unsympathisch, aber etwas befremdlich aus, ein Gringo eben.

María wollte eine Geste der Dankbarkeit machen.

»Ich hoffe, Sie nehmen es uns nicht übel, daß wir Sie ein bißchen festgebunden haben. Das war leider notwendig, leider. Nehmen Sie's nicht persönlich, es war nur zu Ihrem Schutz. Als Kollegin werden Sie es ja verstehen. Schwester Ellen wird Sie nachher losbinden und in ein reguläres Krankenzimmer bringen. Natürlich bekommen Sie dann auch ein Nachthemd, natürlich.«

María blickte mühsam an sich herunter. Sie konnte nur die Spitzen ihrer Brüste und ihre noch immer hochgelagerten Unterschenkel und Füße sehen. Schlagartig wurde sie sich der Unwürdigkeit ihrer Situation bewußt. Was hatte man mit ihr gemacht, während sie ohne Bewußtsein war? Ihr Gesicht rötete sich.

»Schwester Ellen, bitte fangen Sie ruhig schon an. Ich kann, was notwendig ist, auch erklären, während Sie arbeiten.«

»Okay, Doc.«

Schwester Ellen bedeckte Marias Körper mit einem weißen Laken und löste die Schnalle der Fesselung an ihrer rechten Hand.

»Die Linke«, fuhr Dr. Pinter fort, »wird noch eine Weile angeschnallt bleiben. Sie bekommen in diesen Arm gerade Ihre vierte Transfusion, wissen Sie, die vierte, ja.«

María mußte trotz ihrer Schwäche innerlich schmunzeln. Dr. Pinter hatte eine merkwürdige Manie, ständig kleine Satzteile zu wiederholen.

»Sie werden einige Zeit bei uns bleiben müssen. Ihr Allgemeinzustand ist sehr schlecht. Wir werden Sie beobachten und dann entscheiden, was weiter zu tun ist.«

Schwester Ellen befreite Marias Füße aus den Lederschnallen und legte ihre Beine flach auf den Untersuchungstisch. María spürte noch, wie das Blut aus dem Kopf in die Magengegend und weiter in die Beine schoß. Dann verschwand alles in einem dunklen, unwiderstehlichen und sehr angenehmen Sog.

Sie fiel zurück in den tiefen Brunnen.

María erwachte mit einem wohligen Gefühl der Geborgenheit. Sie lag in einem sauberen Bett in einem hellen, schmucklosen Zimmer. Sie war allein. Allmählich kehrte die Erinnerung zurück: Dr. Pinter, Schwester Ellen, Armeekrankenhaus der US-Truppen in Nicaragua, die Blutung, die Abtreibung, Valentín. Aber irgend etwas fehlte in der Kette, irgendein Glied fehlte.

Neben dem Bett ein verchromter Ständer. Aus einer Infusionsflasche tropfte eine wasserklare Flüssigkeit in einen Schlauch, der in einer Kanüle in ihrer linken Hand endete. Die Hand war mit Verbandmull am Bett angebunden.

Zu meinem eigenen Schutz, dachte María, nur zu meinem Schutz. Ha! Dr. Pinter, der alles wiederholte!

Es war still. Sie hörte nur das Tschilpen einiger Spatzen vor dem Fenster und manchmal den schrillen, langgezogenen Pfiff eines Pijul. Die Lamellen der Milchglasscheiben waren aufgestellt, aber es kam kein Wind herein. Die Sonne schien mild durch das matte Glas, auf dem die Schatten von Ästen tanzten.

Rechts eine Tür, die in dem Augenblick, als María sie entdeckte, schwungvoll geöffnet wurde. Dr. Pinter in weißem Kittel mit einem olivgrünen T-Shirt darunter trat ein, gefolgt von Schwester Ellen und zwei weiteren Ärzten.

»Guten Morgen! Wie geht es Ihnen?«

»Buenos dias, guten Morgen.«

María mußte sich räuspern, ihre Stimmbänder waren wie festgerostet. Sie verspürte plötzlich sengenden Durst.

»Schwester Ellen!«

Auf Dr. Pinters Aufforderung hin kam die Krankenschwester rasch an Marias Bett, richtete sie etwas auf und flößte ihr einen Schluck lauwarmen Tee aus einer Schnabelflasche ein. Wie angenehm die Flüssigkeit die Kehle hinunterrann.

»Danke, muchas gracias!«

María hustete.

»Geduld, Geduld!«

Dr. Pinter fühlte María kurz den Puls und behielt dann ihre Hand väterlich zwischen seinen. Seine Hände waren so rot wie sein Gesicht und sehr dicht mit kurzen blonden Haaren bedeckt.

»Strengen Sie sich nicht unnötig an, María. Sie brauchen uns nichts zu erzählen. Dr. González hat uns alles mitgeteilt, was wir wissen müssen. Ihre Eltern und Geschwister lassen

Sie grüßen. Und bevor Sie anfangen, sich dumme Gedanken zu machen: Wir behandeln Sie hier gratis.«

María sah Dr. Pinter verwirrt und dankbar an.

»Gracias, danke. Was ist mit mir?«

»Nun sagen Sie uns erst einmal: Wie fühlen Sie sich?«

Dr. Pinter tätschelte mechanisch Marias Hand. Seine schweigsamen Kollegen nickten ihr aufmunternd zu.

»Danke, gut. Wie soll ich sagen: ausgeruht.«

»Das ist kein Wunder, María!« lächelte Dr. Pinter gewinnend. »Wir haben Sie drei Wochen lang schlafen lassen. Drei Wochen, ja.«

»Was?«

»Bleiben Sie liegen, ich bitte Sie. Sie hatten viel Blut verloren. Drei Wochen. Das war notwendig, damit Sie wieder zu Kräften kommen. Sie werden Ihre Kraft noch brauchen.«

»Nun sagen Sie mir doch, was mit mir ist? Bitte!«

»María!« Dr. Pinter faßte Marias Hand fester. »María, Sie müssen jetzt ein bißchen tapfer sein. Sie erinnern sich an Ihre Abtreibung?«

»Ja, natürlich. Was ist? Sie können es mir ruhig sagen. Ich bin ja gewissermaßen vom Fach.«

Schwester Ellen flößte ihr wieder etwas Tee ein, und María bedankte sich mit einem leicht schiefen Lächeln.

»Tja, nichts gegen Dr. González, aber dieser Abort wurde sehr schlecht gemacht, einfach schlecht. Ein guter Gynäkologe vielleicht, aber ein miserabler Chirurg. Wir werden Sie noch einmal operieren müssen, in einer, vielleicht zwei Wochen, je nachdem.«

»Operieren?«

»Keine große Sache, María, nichts Aufwendiges. Aber nötig. Wir wollen doch, daß es Ihnen wieder richtig gut geht, nicht wahr.«

María sah Dr. Pinter etwas furchtsam an. Die beiden anderen Ärzte, etwa gleich alt wie ihr Kollege, die Hände in den Kitteltaschen, die Stethoskope um den Hals, lächelten sie an.

»Dr. Carlson und Dr. Andersen hier werden das machen«,

stellte Dr. Pinter die Männer vor. Beide deuteten leichte Verbeugungen an. »Aber wir können Sie nicht hier operieren. Wir bringen Sie dazu in eine Spezialklinik, verstehen Sie, eine Spezialklinik.«

»Was ist das für eine Operation? Wieso Spezialklinik?«

»Beruhigen Sie sich, María, beruhigen Sie sich! Der Eingriff ist nicht gefährlich, wirklich nicht. Aber verstehen Sie: Wir sind hier ein Armeekrankenhaus, wir behandeln alle möglichen Verletzungen, ab und an mal einen Blinddarm, solche Sachen. Sie können Vertrauen zu meinen Kollegen haben, vollkommenes Vertrauen.«

»Was ist das für eine Operation? Was ist das für eine Klinik?«

»Die Klinik, tja, das ist eher ein Sanatorium, Sie werden sich dort sehr wohl fühlen, sehr wohl, María. Und was die Operation angeht, nun, was wir wollen, ist einfach, daß Sie Ihre Gebärfähigkeit wiedererlangen. Ohne die kleine Operation könnten Sie nie mehr Kinder bekommen, verstehen Sie.«

María schloß die Augen. In ihrem Kopf herrschte ein unentwirrbares Durcheinander. Dann nickte sie leise und drückte Dr. Pinters Hand.

»Está bien. Es ist okay, wenn Sie es sagen.«

»Dann wollen wir Sie für heute mal in Ruhe lassen, María. Das war Aufregung genug für einen Tag.«

María spürte seinen Händedruck zum Abschied und riß die Augen auf.

»Wann kommen meine Eltern wieder?«

»Morgen, vielleicht übermorgen. Ich weiß es nicht genau. Machen Sie sich keine Sorgen. Alles wird gut.«

Der neutrale Umschlag ohne Absender wurde an einem frühen Nachmittag durch einen Botenjungen zugestellt. Caroline Powell nahm ihn, sich mühsam beherrschend, aus den Händen ihrer honduranischen Haushälterin Carmen entgegen. Wieder allein im riesigen Wohnzimmer mit dem atemberaubenden Blick auf die nahen, schneebedeckten Gipfel der Rocky Mountains riß sie mit fliegenden Fingern die Verpackung auf. Es war die lange erwartete erste CD-ROM der Organisation, eine nackte, glänzende Scheibe ohne jegliche Beschriftung.

Caroline Powell zündete sich eine Zigarette an. Ihr Internist und der Kinderarzt hatten ihr das Rauchen strikt untersagt, der eine, um sie, der andere, um Junior zu schützen. Caroline rauchte deshalb nie in Juniors Anwesenheit. War er aber in seinem Zimmer und schlief, oder mit dem Kindermädchen im Garten, dann vertraute sie mehr ihrem Psychotherapeuten, der ihr in ihrer »angestrengten Situation» nach der Geburt Juniors geraten hatte, sich nicht unnötig einen zusätzlichen Streß aufzuladen, wenn es nicht aus gesundheitlichen Gründen akut notwendig sei. Physisch fühlte sie sich, wenn schon nicht blendend, so doch gut, aber ein kleines schlechtes Gewissen hatte sie dennoch bei jeder Zigarette.

Caroline griff zum Telefon.

»Denver Communications Worldwide, Sekretariat Mr. Arthur Powell. Mein Name ist Anne Carter. Was kann ich für Sie tun?«

»Hi, Annie, hier ist Caroline. Meinen Mann, bitte.«

»Ich bedauere, Caroline. Der Chef ist in einer Sitzung. Wollen Sie später noch einmal ...«

»Annie! Ich muß meinen Mann sprechen! Sofort!«

Caroline bemühte sich, nicht nervös zu wirken, aber ihre Stimme hatte den nötigen, scharfen Ton, dessen es Angestellten gegenüber manchmal bedurfte.

»Kleinen Moment, Caroline. Ich will sehen, was ich tun kann.«

Es verging eine kurze, endlose Zeit, in der Caroline genervt dem Siebziger-Jahre-Schlager aus dem Telefonhörer lauschte, der helfen sollte, die Pause zu überbrücken. Dann meldete sich Arthur: »Was ist los, Liebes? Ich habe jetzt wirklich keine ...«

»Es ist da! Komm so schnell wie möglich!«

»Ich komme!«

Zwei Stunden später saßen die Powells in gespannter Haltung vor dem Computer im Wohnzimmer. Sie hatten Carmen angewiesen, keine Störung zuzulassen. Beide rauchten, als hätten sie nie auch nur versucht, es aufzugeben.

»Okay?« fragte Arthur.

»Okay!«

Das Monitorbild forderte auf, das vereinbarte Codewort einzugeben. »Sie haben nur einen Versuch!«, stand in grellroter Schrift unter dem leeren Feld.

Arthur konzentrierte sich mehr als nötig und tippte das Wort »Abraxas« ein, ein geheimes Zauberwort aus der Kinderzeit, von dem er erst viel später bei einem Philosophiekurs in Harvard erfahren hatte, daß es der alexandrinischen Gnosis entstammte.

Caroline inhalierte tief und hastig den Rauch einer frisch angezündeten Zigarette und griff nach Arthurs Hand. Er klickte das »Weiter«-Symbol an, das nun aktivierbar aufleuchtete.

Vor königsblauem Hintergrund erschienen mahnende Sätze: Diese CD-ROM wird durch das Abspielen des Programms automatisch gelöscht. Es ist unmöglich, die Daten zu speichern oder eine Kopie anzufertigen. Ihr Monitor wird für die Dauer des Abspielens dieses Datenträgers eine für Sie ungefährliche Strahlung abgeben, die verhindert, daß Ihr Bildschirm abgefilmt oder abfotografiert werden kann. Auch ein Tonmitschnitt ist nicht möglich. Wenn Sie nun sicher sind, daß ausschließlich Personen, die gemäß unseren Vereinbarungen berechtigt sind, dem Abspielen der CD-ROM beizuwohnen, anwesend sind, so klicken Sie auf »Weiter«. Sollten

Sie die Option »Abbrechen« wählen, werden die Daten dieser CD-ROM automatisch gelöscht.

Arthur Powell, der den Text halblaut vorgelesen hatte, konnte ein Schmunzeln nicht unterdrücken: seine eigene Erfindung, ein Produkt, das neben den zahlreichen anderen Entwicklungen seiner Firma dazu beigetragen hatte, Denver Communications Worldwide groß zu machen. Fast alle Regierungen der Welt bedienten sich heute dieser Technik zur Vermittlung sensibler Daten unter Diplomaten.

Arthur klickte das »Weiter«-Symbol an. Leise erklang eine freundliche Hintergrundmusik.

Im Bild erschien Pitchie Cornwall, aufgenommen in einem Labor. Er kam lässig auf die Kamera zugeschlendert. Auf den Tischen eine verwirrende Vielfalt von flimmernden Computern, Reagenzgläsern, Mikroskopen und anderen, den Powells fremden technischen Einrichtungen.

»Hi, Caroline, hi, Arthur!« begann Pitchie Cornwall mit charmantem Lächeln.

»Ich begrüße Sie hier aus einem unserer Labors, die, wie Sie sicher erkennen können, auf dem höchsten Niveau der Entwicklung sind. Aber ich will Sie nicht mit technischen Details langweilen und womöglich auf die Folter spannen. Ich weiß, Sie brennen darauf zu erfahren, wie der derzeitige Stand der Dinge ist.«

Carolines schweißnasse Hand preßte Arthurs Finger. Er erwiderte den Druck, ohne den Blick vom Monitor zu nehmen, während er mit der anderen Hand seine Zigarette ausdrückte, um sofort eine neue anzuzünden.

»Caroline, Arthur, ich darf Ihnen und uns gratulieren! Das Verfahren hat ohne Probleme funktioniert. Die Zellen sind bereits den Leihmüttern eingepflanzt und von diesen gut angenommen worden.«

»Arthur!«

Caroline fiel ihrem Mann jubelnd um den Hals. Beiden schossen Tränen der Freude in die Augen.

Arthur befreite sich aber schnell aus der Umarmung seiner Frau, denn das Programm lief schließlich unerbittlich weiter.

»Ich weiß, ich weiß!« lächelte Pitchie Cornwall in die Kamera.

»Wir geben Ihnen jetzt zwei Minuten Zeit, um den Sekt zu öffnen oder diesen Augenblick wie auch immer zu feiern. Zwei Minuten ganz für Sie!«

Die Hintergrundmusik wurde wieder lauter, der Monitor zeigte im Rhythmus der Musik wunderschöne Bilder von Sonnenauf- und -untergängen, von weiten grünen Landschaften, lachenden Menschen aller Hautfarben, Kinder vor allem, glückliche Gesichter, strahlende Augen, zuletzt eine kleine Familie, die ausgelassen über eine weite Blumenwiese dem Horizont und der Sonne entgegentollte.

Von all dem bekamen die Powells nur wenig mit. Arthur war aufgesprungen und tatsächlich zur Zimmerbar geeilt, um eine Flasche Champagner zu öffnen. Er goß ihn ein, ohne sich darum zu kümmern, daß seine Hände vor Aufregung zitterten und die Gläser überliefen. Sie tranken, ohne etwas sagen zu können, mit Tränen in den Augen, und schafften es gerade noch, sich wieder zu setzen, als Pitchie Cornwall wieder auf dem Bildschirm erschien.

»So, meine lieben Caroline und Arthur, nun die weiteren Informationen, die für Sie zum derzeitigen Zeitpunkt wichtig sind. Sie werden alles für Sie Notwendige erfahren und dabei feststellen, daß wir uns, soweit dies bei unserer speziellen Dienstleistung möglich ist, um größtmögliche Offenheit bemühen. Zum besseren Verständnis hier noch einmal eine kurze, natürlich sehr schematisierte Darstellung des Verfahrens.«

Der Monitor zeigte riesenhaft vergrößerte graublaue Bilder von einer Zelle, in die, etwas zittrig, eine Kanüle eingestochen wurde. Dann wurde der Zellkern so rasch in die dünne Nadel eingesogen, daß man unwillkürlich meinte, ein schlürfendes Geräusch hören zu müssen.

»Wir haben, wie Ihnen bekannt ist, die Zellen Ihres Sohnes erhalten und die Hälfte von ihnen erfolgreich entkernt. Die anderen zehn Zellen lagerten noch einige Zeit tiefgefroren in unserem Archiv. Sie wurden vernichtet, als mit absoluter Sicherheit feststand, daß sich die Reproduktionen erfolgreich entwickeln werden. Zehn von Juniors Zellkernen wurden dann in die zuvor entkernten Eizellen von zehn verschiedenen Frauen eingesetzt und unter den entsprechenden Laborbedingungen zur Teilung gebracht.«

Die Elektronenmikroskopaufnahmen zeigten nun den eben gesehenen Vorgang in umgekehrter Reihenfolge: Die mit einer gewissen Brutalität durch die Wand einer leeren Zelle gestoßene Nadel spuckte einen rötlichen Zellkern aus und wurde dann vorsichtig wieder zurückgezogen.

»Stromimpulse initiieren das Wachstum.«

Das Bild wechselte, es war zu sehen, wie der Zellkern sich zwischen zwei Elektrodendrähten zu teilen begann: zwei Teile, vier Teile, acht, sechzehn...

»Wir haben, zu unserer und Ihrer Sicherheit, das Erbmaterial Ihres Sohnes zuvor auf genetische Defekte und drohende Erbkrankheiten untersucht und sind zu demselben Ergebnis gekommen wie Ihre Ärzte. Ich darf Ihnen also nochmals gratulieren: Es ist alles in bester Ordnung.«

Die Powells warfen sich einen schnellen, triumphierenden Blick zu, um ihn dann sofort wieder auf den Monitor zu richten. Pitchie Cornwall war nun wieder zu sehen, er saß an einem weißen Gartentisch vor einer blühenden Hecke.

»Fünf der sich erfolgreich entwickelnden Reproduktionszellen implantierten wir im biologisch günstigsten Moment in die Gebärmütter von fünf unserer Leihmütter. Wir zeigen Ihnen nun Kurzporträts der drei Frauen, die wir letztlich dafür ausgewählt haben, die Reproduktionen auszutragen. Bei den beiden anderen Frauen haben wir inzwischen, obwohl die Implantation erfolgreich war, verabredungsgemäß Aborte vorgenommen. Ich kann Ihnen versichern, daß diese Abtreibungen ohne gesundheitliche Folgen für die Frauen blieben.«

Die Kamera fuhr näher an Cornwalls lächelndes Gesicht heran.

»Wenn Sie nun unsere Damen sehen werden, so bedenken Sie bitte, daß deren äußerliche Erscheinung keinerlei Einfluß auf das Ergebnis haben wird. Selbstverständlich bemühen wir uns, wie Sie sehen werden, darum, attraktive junge Damen zu engagieren, aber wichtiger für eine ganzheitlich gesunde Entwicklung der Reproduktionen ist natürlich deren physische und psychische Gesundheit und ihre charakterliche Bildung. Die Damen befinden sich an unterschiedlichen Orten und werden einander selbstverständlich nie begegnen.«

Eine neue sanfte Musik setzte ein. Im anscheinend selben Garten, in dem Pitchie Cornwall aufgenommen worden war, sahen die Powells nun eine stämmige, sehr mütterlich wirkende Frau, die ihrem Aussehen nach irischer Abstammung sein konnte. Sie mochte etwa Mitte Zwanzig sein. Die Kamera zoomte auf ihr rundliches, lächelndes Gesicht, das von kräftigen, rotblonden Haaren umkraust war.

»Dies ist Nummer Zwölf Siebzehn Strich Zwei. Bitte haben Sie Verständnis, daß wir keine Namen nennen. Nummer Zwölf Siebzehn Strich Zwei stammt aus dem Westen Kanadas und ist bereits zum zweiten Mal für uns im Einsatz. Sie kommt aus einer gutbürgerlichen Familie und hat Collegebildung. Eine sehr warmherzige Person und zuverlässige Mitarbeiterin.«

Arthur und Caroline lächelten einander aufgeregt und befriedigt zu. Nie hätten sie gehofft, die Frauen, die die Reproduktionen austragen würden, wenigstens per Video kennenzulernen. Und diese Frau war sichtlich in der Lage, Babys ohne Probleme zur Welt zu bringen.

»Nummer Null Drei Null Fünf Strich Eins ist Lateinamerikanerin, zum ersten Mal bei uns. Wie Sie sehen, ist auch sie körperlich topfit. Sie ist Medizinstudentin und spricht perfekt Englisch.«

Die schlanke Frau mit langen, tiefschwarzen Haaren spazierte in einem dünnen, schwingenden Sommerkleidchen vor einer blühenden Hecke über einen gepflegten Rasen. Sie war deutlich jünger als Nummer Zwölf Siebzehn Strich Zwei und wirkte nicht sehr groß. Als die Kamera auf ihr hübsches Gesicht mit hohen Wangenknochen zufuhr, lächelte sie etwas verzagt. Sie wirkte schüchtern, gehemmt. Sie winkte in die Kamera und schien etwas zu rufen, ohne daß der Ton zu hören war.

»Nummer Eins Null Eins Null Strich Zwei«, erklärte Pitchie Cornwall aus dem Off, »stammt zwar aus eher ärmlichen, aber stabilen familiären Verhältnissen, eine Akademikerin aus Osteuropa. Auch sie ist bereits zum zweiten Mal für uns tätig.«

Nummer Null Eins Null Eins Strich Zwei war eine große Frau Ende Zwanzig, deren Figur unter einem weiten blauen Kleid nur undeutlich zu erkennen war. Brünett mit etwas strengen Gesichtszügen, mit traurigen blauen Augen, aber einem dann doch sehr netten Lächeln.

Pitchie Cornwall erschien an einem leeren Schreibtisch, die Wand dahinter kahl. Er lächelte in seiner typischen, verbindlichen Art.

»Liebe Caroline, lieber Arthur, ich hoffe, daß Sie mit unserer Auswahl zufrieden sind. Wir unsererseits denken, alles getan zu haben, um perfekte Reproduktionen im vereinbarten Sinne zu produzieren. Dies war nun also das erste Video, das Sie von uns erhalten haben. Bitte behalten Sie die leere CD-ROM nicht im Haus und entsorgen Sie sie umweltgerecht. Die nächste CD-ROM erhalten Sie, sobald wir Neuigkeiten für Sie haben werden. Wir blenden nun zum Abschluß eine Telefonnummer ein, die exklusiv für Sie heute noch bis Mitternacht geschaltet bleiben wird. Bitte rufen Sie uns von einem öffentlichen Fernsprecher aus an. Sie erhalten dann Anweisungen über die Zahlungsmodalitäten. Die Telefonnummer bleibt zwei Minuten lang eingeblendet.«

Pitchie Cornwall nickte in die Kamera und lächelte.

»Auf Wiedersehen. Gott segne Sie.«

Vor dem königsblauen Hintergrund des Programmbeginns erschien die Nummer eines Mobiltelefons. Arthur notierte sie hastig auf dem Notizblock, der stets griffbereit neben dem Computer lag.

Dann sanken sich die Powells seufzend und lachend in die Arme. Draußen tauchte die untergehende Sonne die höchsten Spitzen der Rockies in Gold und Rosa.

Gut drei Monate war María nun schon im Sanatorium.

Die wirklich kleine Operation war nach Auskunft der Mediziner zur Zufriedenheit verlaufen. Bis auf gelegentlich auftretende Übelkeit hatte María keine Beschwerden, und sie fragte sich und die Ärzte fast täglich mit zunehmender Ungeduld, wann sie denn endlich nach Hause dürfe.

»Wir müssen Sie noch beobachten, María, bitte gedulden Sie sich noch einige Zeit. Wir wollen schließlich nicht, daß Sie uns wieder zusammenklappen.«

Gegen das Sanatorium selbst und gegen die Behandlung durch das Personal war nichts einzuwenden. Alle waren von ausnehmender Freundlichkeit, das Essen war besser als alles, was sie je in ihrem Leben bekommen hatte. Sie hatte sogar spürbar zugenommen. Sie empfand Dankbarkeit gegenüber den Ärzten und Schwestern und hatte gleichzeitig Schuldgefühle, weil sie sich trotzdem nach den Eltern und Geschwistern fortsehnte und, so merkwürdig das klingen mochte, nach ihrem Barrio in Managua, nach dem vertrauten Leben eben, so elend es auch war. Wie Conchita wohl im Gesundheitsposten zurecht kam? Möglicherweise war er sogar geschlossen? In diesen Tagen begann das neue Semester, und Marias Ungeduld wuchs.

Mehr als zwei Stunden hatte der Flug, der erste ihres Lebens, hierher gedauert. Sie waren nachts geflogen. Lange hatte sie, nachdem die kleine Maschine Managua und andere kleinere Ortschaften hinter sich gelassen hatte, unter sich nichts als tiefschwarze Nacht erkennen können. Als das Flugzeug, in dem außer ihr und Dr. Andersen nur noch ein hünenhafter, schweigsamer Mann reisten, zur Landung ansetzte, hatte sie Angst gehabt, die Maschine wolle mitten in einem schwarzen Nichts heruntergehen. Erst im letzten Moment machte Dr. Andersen sie auf die langen Reihen von schwachen gelben Lichtern neben der Landebahn aufmerksam.

»Es ist ein wenig abgelegen«, hatte Dr. Andersen schmunzelnd und beruhigend gesagt, »aber dafür ist es auch ein kleines Paradies.«

Damit hatte er ohne jeden Zweifel recht. Die weitläufige Anlage im Bungalowstil lag eingebettet in einer riesigen, von großen Baumgruppen überschatteten Lichtung mitten im Dschungel, den María bisher nur aus Büchern und Filmen kannte. Der Fluß in der Nähe, den sie bei der kurzen Fahrt von der schmalen Landebahn zum Sanatorium überquerten, war, wie Dr. Andersen erläuterte, der Río Escondido, früher die einzige Verbindung zwischen dem westlichen Teil des Landes und der Stadt Bluefields an der Atlantikküste Nicaraguas.

Nachts drangen die Geräusche der Tiere des Waldes besonders deutlich bis in Marias Zimmer, das Brüllen der Affen beim ersten Morgenlicht, das fröhliche Lärmen der Papageien in der Abenddämmerung und wieder vor Sonnenaufgang. Angeblich sollte es auch Ozelote geben. Vor ihrem Fenster konnte sie langschnäbelige braune Kolibris an den Blüten der Hecken schwirren sehen. Das sonore Brummen der Flügel der winzigen Vögel summte sie oft nachmittags in einen leichten Schlaf.

Das Gelände war ringsum zum Schutz gegen die wilden Tiere von einem gut drei Meter hohen Zaun umgeben, und die Bäume auf der anderen Seite waren in einem beträchtlichen Abstand gerodet worden, damit selbst die Affen nicht eindringen könnten.

María benutzte oft den Pool, Schwimmen war ihre Leidenschaft, der sie in Managua nur sehr selten hatte frönen können, und sie genoß es anfangs sehr, einfach einmal faul sein zu dürfen. Sie holte sich ein Buch nach dem anderen aus der umfangreichen Bibliothek des Sanatoriums, um ihre

Englischkenntnisse zu verbessern, und sah viel fern, Musikvideos vor allem und was sonst die Satellitenschüssel an US-Programmen hergab. Nationale Sender waren nicht zu empfangen.

Aber nach einigen Wochen empfand sie sich als nutzlos, sie begann sich zu langweilen, und die Sorgen um Zuhause nahmen zu. Die anderen, nicht sehr zahlreichen Patientinnen stammten aus vielen verschiedenen Ländern, sogar aus Europa und Asien, alle mit ähnlichen Diagnosen aus dem gynäkologischen Bereich. Sie war die einzige Nicaraguanerin. María fragte sich, wieso die US-Armee ein solches Sanatorium eigentlich unterhielt, denn keine dieser Frauen gehörte der Armee an, aber sie hatte eine durch ihre Dankbarkeit geförderte Scheu, die Frage laut zu stellen.

María befreundete sich mit einer ernsten Polin, die Mascha hieß und aus Warschau stammte, zuletzt aber längere Zeit in Vancouver gelebt hatte. Wie María war sie schon etliche Wochen hier und wußte nur wenig Konkretes über ihre Diagnose und noch weniger über die Anwendungen, die sie ein- oder zweimal täglich erhielten. Sie schluckten irgendwelche Medikamente, die Dr. Andersen ihnen verabreichte, gingen zur Massage und wurden einmal in der Woche von oben bis unten durchgecheckt.

Mascha war Lehrerin für Mathematik und Physik und spielte ausgezeichnet Klavier. Einmal gab sie sogar ein richtiges kleines Konzert in der Bibliothek, und María war stolz, als sie ein Stück von Chopin erkannte, das sie vor Jahren im Schulunterricht gehört hatte.

Mascha erzählte, wie sie über Deutschland, wo sie vergeblich eine Anstellung zu finden gehofft hatte, durch eine letztlich unglückliche Liebe nach Kanada gekommen war und sich dort mit Privatunterricht durchgeschlagen hatte, und wie sie eines Tages, völlig überraschend, ins Krankenhaus gemußt hatte. Starke Blutungen, Krebsverdacht, der sich zum Glück nicht bestätigte, Weiterbehandlung durch Dr. Carlson, der sie schließlich durch seine guten Kontakte zur US-Armee hierher vermittelte. María berichtete ihrerseits von ihrem bisherigen Leben in Nicaragua, das Mascha sehr befremdlich und abenteuerlich fand, und sie vereinbarten, daß Mascha sie eines Tages, wenn sie hier endlich wieder heraus wären, in ihrem Barrio in Managua besuchen kommen sollte.

Das Ulkigste war, daß Mascha keine Ahnung gehabt hatte, überhaupt in Nicaragua zu sein. Sie hatte geglaubt, daß das Sanatorium irgendwo im Süden der USA, in Florida vielleicht, liege. Alles war amerikanisch, von der Einrichtung der Zimmer über das Fernsehprogramm bis hin zum Personal.

»Es ist mir nie eingefallen, etwas anderes zu denken!« rief Mascha, und beide lachten herzlich darüber.

Beide fühlten sich »subjektiv völlig gesund« und waren sich einig, daß sie bald entlassen werden müßten. Die gelegentliche Übelkeit und das ebenfalls bei beiden unerklärlicherweise aufgetretene Ausbleiben der Regelblutung konnte doch nicht der Grund sein, sie so lange hier zu behalten.

»Wir dürfen solche Symptome nicht auf die leichte Schulter nehmen«, begründete Dr. Andersen seine Weigerung, sie schon nach Hause zu schicken. »Schließlich haben wir die Verantwortung übernommen, Sie völlig gesund zu machen.«

María konnte wenig dagegen sagen. Von Gynäkologie hatte sie keine Ahnung, sie verstand allerhand von den in Nicaragua gängigen Krankheiten wie Diarrhöe, Hepatitis, Cholera und so weiter, konnte alle möglichen Verletzungen behandeln und hatte eine Ausbildung als Hebamme, aber sie hatte vor, sich auf die Erforschung und Anwendung traditioneller Naturmedizin zu spezialisieren. Und Gynäkologie würde sowieso erst im übernächsten Semester näher behandelt werden.

María ging, eine dicke Ausgabe von Margaret Mitchells »Vom Winde verweht» unter dem Arm, spazieren. Sie war nervös. Heute nachmittag sollte sie eine Untersuchung bei Dr. Andersen haben, und sie wollte die Gelegenheit nutzen, um ihn zu fragen, ob sie nicht auf eigenes Risiko nach Hause könne. Sie grübelte, wie sie es am besten formulieren könnte, ohne undankbar zu erscheinen.

Ob ihre Eltern die Post von ihr erhalten hatten? Viermal hatte sie geschrieben, ohne Antwort zu erhalten. María wunderte sich nicht darüber. Ihre Eltern gehörten zu den über vierzig Prozent Analphabeten Nicaraguas, und ihre Geschwister waren bisher über die dritte Klasse nicht hinausgekommen. Briefeschreiben war nicht ihre Sache. Ob sie wenigstens das Video, das Dr. Andersen netterweise von ihr gedreht hatte, bei Paco Chávez angeschaut hatten? Dann wüßten sie, daß es ihr gut ging und es nicht mehr lange dauern würde, bis sie wieder zu Hause war.

María stieß auf den Zaun. Wenn man nicht wüßte, daß er dazu dient, die Tiere draußen zu halten, könnte man sich wie in einem Gefängnis fühlen, dachte sie.

Sie sah auf ihre billige, taiwanesische Armbanduhr, und der Gedanke an Valentín, der sie ihr zum Abschied geschenkt hatte, vertiefte ihre wehmütige Stimmung.

Sie beschloß, da sie noch gute zwei Stunden bis zum Termin mit Dr. Andersen hatte, zum Pool zu gehen und noch ein paar Bahnen zu schwimmen. Dr. Andersen und das übrige Personal sahen es gern, wenn die Patientinnen die Fitneßmöglichkeiten des Sanatoriums nutzten.

»María! Da sind Sie ja!«

Dr. Andersen kam auf sie zugeeilt.

»Ich habe Sie schon überall suchen lassen. Wir müssen uns beeilen, Ihr Flugzeug geht in einer Stunde. Es tut mir leid, daß das jetzt so überfallartig kommt ...«

»Ist das wahr, ich komme nach Hause?«

María konnte sich vor Freude kaum zurückhalten, dem Arzt um den Hals zu fallen.

»Aber ja, María! Gehen Sie rasch packen, ich hole Sie in zwanzig Minuten ab.«

Es dauerte keine fünf Minuten, die kleine Leinentasche zu packen: zwei Paar Jeans, das rote Sommerkleid mit den Spaghettiträgern, einige bunt bedruckte T-Shirts, etwas Unterwäsche, das war es auch schon. Alle diese Sachen waren ihr nicht nur zur Verfügung gestellt, sondern geschenkt worden. Ach, diese guten Menschen!

Mascha war nicht in ihrem Zimmer und nicht am Pool. Niemand hatte sie gesehen. María war richtig verzweifelt, daß sie sich nicht verabschieden konnte. Mascha hatte nicht einmal ihre Adresse in Managua, wie sollte sie sie dann besuchen können?

»Geben Sie mir Ihre Adresse!« sagte Dr. Andersen. »Ich verspreche, daß ich sie ihr geben werde. Übrigens werden wir auch Mascha demnächst nach Hause schicken.«

»Oh, ich freue mich für sie!« antwortete María aufrichtig.

Dr. Andersen brachte sie zum Flughafen. Als der große Wagen das Sanatoriumsgelände verließ, schaute María, halb mit einer gewissen Wehmut, halb verrückt vor Freude, zum Abschied zurück auf die freundlichen Bungalows unter den hohen Ceibas und Mangos. Da sah sie sie, ganz hinten, an der Ecke zum Pavillon, in dem ihr Zimmer gewesen war, stand Mascha. Sie hatte die Hand gehoben, wie um zu winken. Aber sie winkte nicht, stand nur ganz still mit dieser ungläubig erstarrten Geste. María traten Tränen in die Augen, und sie rief ihren Namen, obwohl sie schon zu weit waren, daß Mascha ihn hätte hören können.

»Tut mir leid«, sagte Dr. Andersen. »Wir müssen uns beeilen. Aber ich werde Mascha selbstverständlich von Ihnen grüßen. Und vielleicht sehen Sie sich ja bald wieder.«

María wandte den Blick nach vorn und wischte sich die Augen.

Nach Hause, endlich ging es nach Hause!

Das Leben der Powells änderte sich äußerlich kaum. Über die CD-ROM sprachen sie instinktiv aus gegenseitiger Rücksicht schon nach einigen Tagen nicht mehr. Arthur spürte, ohne es auszusprechen, daß Caroline eine ähnliche Nervosität wie in der Zeit ihrer Schwangerschaft entwickelte . Arthur und Caroline vergruben sich in ihre Gedanken und Gefühle, die recht unterschiedlich waren.

Arthurs Gedanken kreisten häufig um die konspirativen Umstände des Projekts. Das Ganze imponierte ihm unwillkürlich, denn er verstand durch sein bis zu seinem Unfall ungebrochenes Engagement für »seine» Spezialeinheit bei den Marines wirklich etwas von konspirativen Vorgängen. Es mußte eine gewaltige, international operierende Organisation dahinter stehen, die über immense Geldmittel verfügte. Die Mafia?

Die Geldübergabe hatte etwas davon. Das war so gut gemacht, daß er beinahe so etwas wie Angst vor der eigenen Courage bekommen hätte. Es war unmöglich zu überblicken, auf was sie sich da eingelassen hatten, auch wenn die Organisation fast leichtsinnig offen mit ihren Informationen umging.

Daran konnte auch die raffinierte Technik nichts ändern. Caroline hatte gegen seinen Rat und selbstverständlich erfolglos versucht, das Programm noch einmal zu aktivieren. Wie Arthur es geahnt hatte, brach sie über ihren Mißerfolg in Tränen aus, und er hatte Mühe, sie zu trösten. Sie mußten mit den Bedingungen, die die Organisation vorgab, einverstanden sein, sie hatten keine andere Wahl.

Caroline hatte den Kontakt zur Organisation gewollt, mit all ihrer erstaunlichen Kraft in solchen Dingen hatte sie es so gewollt. So schwach, sensibel und »nahe am Wasser gebaut« sie auch war, in manchen Dingen war sie stur wie ein Büffel, eine echte Frau aus dem Mittelwesten. Sie hatte alle angeborenen und gelernten Tricks und Mittel aufgeboten, um ihn zu überzeugen, den Strohhalm zu ergreifen. Schließlich war auch für ihn die zwar nicht legale, aber technisch mögliche

Aussicht, Junior ganz sicher und für immer, was auch geschehen möge, zu haben und ihm eines Tages die Firma übergeben zu können, einfach zu verlockend gewesen. Egal, was die Ärzte erzählten: Konnte er ganz sicher sein, noch lange zu leben? Man kannte das ja: In solchen Fällen wie dem Strahlenunfall wurde gern abgewiegelt und den Opfern Sand in die Augen gestreut.

Arthur hatte, wie gefordert, noch am selben Abend die vom Monitor notierte Telefonnummer angerufen. Es meldete sich ein Anrufbeantworter mit einer mechanisierten Stimme wie aus dem Cyberspace. Sie forderte Arthur auf, in einem bestimmten Laden einen Aktenkoffer einer bestimmten Marke in der Ausführung »braunes Leder« zu kaufen. In diesem Koffer sollte er eine Million Dollar in bar mit einem bestimmten Flug einer bestimmten Airline nach Los Angeles transportieren. Dort angekommen, sollte er ein Taxi zum Regency Hyatt nehmen und im Restaurant des Hotels zu Mittag essen. Danach könne er zurück nach Denver fliegen, wie und wann er wolle. Nähere Angaben zur eigentlichen Geldübergabe erhielt er nicht.

Arthur hielt sich peinlich genau an die Anweisungen. Er konnte den Flug nach Los Angeles sogar sehr gut mit wichtigen, geschäftlichen Angelegenheiten begründen und verbinden. Er kaufte den Koffer selbst, besorgte das Geld und vermied John P. Carpenter, dem Direktor seiner Hausbank, gegenüber den Eindruck, er werde womöglich erpreßt oder stecke in sonstigen Schwierigkeiten.

»Es gibt Dinge im Geschäftsleben, John, du weißt ...«

Und sein alter Freund John hatte wissend gelacht.

Arthur nahm den bezeichneten Flug, er fuhr im Taxi zum Hotel, er aß zu Mittag, alles buchstabengetreu wie gefordert. Als er gegen sechzehn Uhr Florence Peters, die smarte Geschäftsführerin der kalifornischen Niederlassung seiner Denver Communications Worldwide, traf, um ein paar Dinge mit ihr zu besprechen, hatte noch niemand Kontakt mit ihm aufgenommen. Irgend etwas war schiefgelaufen. Was hatte er falsch gemacht? Hätte er sich vielleicht nicht mit Florence treffen sollen? Hatte er sich zu auffällig ständig aufmerksam umgeschaut, um den Kontaktmann zu entdecken, den er erwartete?

Er erreichte, wie er es geplant hatte, die letzte Maschine zurück nach Denver. Caroline erwartete ihn nervös rauchend und mit fragend aufgerissenen Augen im Wohnzimmer.

»Nichts!« erklärte Arthur resignierter, als er es vorgehabt hatte, um sie nicht zu erschrecken. »Kein Kontakt.«

Caroline sank entgeistert auf das breite Sofa. Arthur stellte den Koffer neben den kleinen Telefontisch und holte eine Flasche Whisky und Gläser.

»Und nun?« fragte sie tonlos.

»Ich habe keine Ahnung, was schiefgelaufen sein kann.«

Arthur füllte die Gläser. Sie tranken und starrten schweigend vor sich hin. Welche Konsequenzen standen zu befürchten? War die Organisation womöglich aufgeflogen?

»Ich nehme an, daß die Organisation sich bald melden wird. Schließlich will sie ja das Geld«, meinte Arthur ohne rechte Überzeugungskraft.

Das Telefon klingelte. Arthur nahm ab. Die Stimme des Mannes, der auf sein müdes »Hallo« reagierte, war ihm unbekannt.

»Mr. Arthur K. Powell persönlich?«

»Ja, wer ist denn da?«

»Ich bin beauftragt, Ihnen mitzuteilen, daß wir sehr zufrieden mit Ihnen sind, Mr. Powell. Wir werden uns zu gegebener Zeit wieder bei Ihnen melden. Vielen Dank.«

Die Verbindung brach mit einem leisen Knistern ab, ohne Arthur eine Chance zu einer Frage zu lassen.

Caroline starrte Arthur fragend ins Gesicht, das einen ratlosen Eindruck machte. Dann griff Arthur hastig nach dem Lederkoffer und legte ihn vorsichtig, als könne er eine Bombe enthalten, vor sich auf den flachen Tisch. Sein Mund stand vor Spannung halb offen. Seine Finger zögerten einen kurzen Moment an den Messingverschlüssen. Er warf Caroline einen kurzen Blick zu. Dann ließer die Verschlüsse aufschnappen. Langsam öffnete Arthur den Deckel.

Zeitungspapier! Der Koffer war voller Ausgaben der Washington Post vom Vortag!

Wann? Wo? Wer? Wie um Himmels Willen?

Im Flugzeug? Im Taxi? Auf der Toilette im Regency? Im Restaurant? Auf dem Weg zu Florence? Hatte sie damit zu tun? Auf dem Rückflug?

So sehr Arthur sich auch das Gehirn zermarterte, er konnte es sich nicht erklären. Es gab natürlich, wenn man es genau bedachte, tausend Möglichkeiten, den Koffer auszutauschen, aber eine war unwahrscheinlicher als die andere. Das war besser als ein bloßer Taschenspielertrick. Das grenzte an die unglaublichen Zauberkunststücke eines David Copperfield. Schließlich gab er es auf, darüber nachzudenken.

»Also ist doch alles in Ordnung!« freute sich Caroline.

War es das? Sie würden nun mindestens sechs Monate ohne Informationen, ohne Kontakt bleiben, denn die andere Seite hatte alle Möglichkeiten, sie keine. Wenn Cornwall und seine Organisation nun doch Betrüger waren? Dann hatten sie eine Million kassiert und ein halbes Jahr Vorsprung.

Arthur sprach nicht darüber. Er konnte Caroline in ihrem labilen Zustand unmöglich damit belasten. Er mußte zähneknirschend die Leistung der Organisation, kriminell oder nicht, anerkennen. Sie arbeitete perfekt.

Nach einigen Wochen hatte Arthur sich so weit wieder im Griff, daß er scheinbar ganz normal arbeiten konnte. Daß er geraume Zeit sehr unkonzentriert und gereizt war, bemerkte nur Anne, seine Sekretärin, und sie war eine so gute Sekretärin, daß sie sich zwar ihre, selbstverständlich völlig falschen, Gedanken machte, aber mit niemandem darüber sprach.

Caroline litt, stumm, aber heftig, darunter, mit niemandem über das sprechen zu können, was sie Tag und Nacht beschäftigte, was von ihr Besitz ergriffen hatte wie ein böser Geist, dem sie sich rettungslos ausgeliefert hatte.

Ihr Psychotherapeut riet ihr schließlich sogar allen Ernstes, den Arzt zu wechseln, wenn sie kein Vertrauen mehr zu ihm habe. Er spüre doch, daß etwas auf ihr laste. Daß sie ihm gegenüber blockiert sei, darüber zu sprechen. Wenn sie sich ihm aber nicht mehr öffnen könne, wie es für eine erfolgreiche Therapie notwendig sei, dann sei es sicher besser, wenn sie einen Kollegen ihres Vertrauens aufsuche.

Caroline wollte keinen anderen Therapeuten. Sie lehnte das Angebot rundheraus ab und erklärte, sie habe Vertrauen zu ihm wie in der Vergangenheit auch. Da sei nichts, jedenfalls nichts, worüber sich zu reden lohne. Sie überredete ihn, ihr Tranquilizer zu verordnen, die sie von nun an jeden Morgen und Abend einnahm, morgens, um den Tag zu überstehen, abends, um schlafen zu können, ohne von wirren Träumen geplagt zu werden. Statt wie üblich zweimal pro Woche ging sie nur noch einmal im Monat zu ihm, und das auch nur, um sich einen ausreichenden Vorrat an Pillen geben zu lassen, ohne die sie nicht mehr leben konnte.

Nach einiger Zeit gelang es ihr immer besser, nicht mehr an die Reproduktionen von Junior zu denken, die irgendwo auf der Welt heranwuchsen, an irgendeinem versteckten, geheimen Ort. Und sie schaffte es mehr und mehr zu verdrängen, daß diese kleinen Wesen eines Tages genauso süße Kinder sein würden, wie es ihr Sohn jetzt schon war.

Caroline befaßte sich von jetzt an mehr und intensiver mit Junior als zuvor, so daß für Sonia, das blutjunge Kindermädchen aus El Salvador, eine illegal Eingereiste wie die Haushälterin Carmen auch, kaum noch etwas zu tun blieb. Sonia durfte gerade noch das Bettchen frisch beziehen, den Brei und die Tees zubereiten und die Windeln wechseln, was Caroline ein Graus war.

Alles andere übernahm nun Caroline. Sie überschüttete Junior mit ihrer Liebe, spielte stundenlang mit ihm, sang ihn in den Schlaf, las ihm Geschichten vor, die er mit seinen sechs Monaten noch nicht verstehen konnte, und beobachtete mit Freude seine alltäglichen Fortschritte.

Das half ihr, die Tage zu überstehen und mit sinnvoller Beschäftigung zu füllen, die Tage, Wochen und endlos langen Monate, die bis zur nächsten »Lieferung« der Organisation zu überstehen waren.

Das Lager Vier glich in vieler Hinsicht dem »Sanatorium«.

Unter dichten, hohen Bäumen standen flache Pavillons. Sie waren den weißen Gebäuden des Sanatoriums in der Bauart sehr ähnlich, aber mit einem merkwürdigen Anstrich aus gelben, braunen und grünen Flecken versehen. Die Zimmer waren auch hier mit einem Komfort eingerichtet, den María sich zu Hause, in Freiheit, vergeblich gewünscht hätte: Fernsehapparat, Stereoanlage, Dusche und WC, ein großes, bequemes Bett mit einem feinmaschigen Moskitonetz und einem großen Deckenventilator darüber. In separaten Gebäuden, in denen bei schlechtem Wetter die ausgewogenen und abwechslungsreichen Mahlzeiten eingenommen wurden, gab es eine Mediothek mit Büchern, Zeitschriften und CDs und die medizinischen Einrichtungen. Zwischen den Gebäuden auch hier ein allerdings kleinerer Pool, über den ein großes Netz gespannt war, wie es das Militär benutzt, um Geschütze zu verstecken.

Aus der Luft war das Lager sicher nicht zu erkennen, darin waren sich die Frauen einig.

María hatte keine Ahnung, was für eine Pille es gewesen war, die ihr Dr. Andersen gegeben hatte, bevor sie ins Flugzeug stieg.

»Meine letzte gute Tat für Sie«, hatte er freundlich gelächelt, als er ihr sie reichte. »So wird der Flug weniger strapaziös.«

Schon den Start hatte sie nicht mehr bewußt miterlebt. Kaum saß sie angeschnallt auf dem Sitz des kleinen Jets, mit dem sie diesmal fliegen sollte, war ihr schwarz vor Augen geworden. Erst im Lager war sie wieder zu sich gekommen, auf dem Bett des Zimmers liegend, das für viele Monate nun ihr Zuhause sein würde.

»Wir sind irgendwo in Lateinamerika«, mutmaßten die Frauen.

Ringsum Dschungel, womöglich noch dichter, noch üppiger als in Nicaragua. Es regnete oft und heftig. Drei sehr hohe Zäune umgaben das Gelände. Vom mittleren hieß es, er sei elektrisch geladen. Zwischen den Zäunen patrouillierten bewaffnete Wachen.

Es dauerte ganze zwei Wochen, ehe María sich von ihrem schweren Schock erholte. Sie hörte auf, permanent zu weinen, vielleicht auch unter dem Einfluß der Psychopharmaka, die alle Frauen, dem Essen beigemischt, erhielten, und fügte sich, unterdrückt zornig und verzweifelt, in das eintönige Lagerleben ein.

»Sie werden hier ein angenehmes Leben haben, wenn Sie sich an unsere Regeln halten«, erklärte ihr die etwa fünfzigjährige, sehr gepflegte Chefärztin Dr. Pamela Barrings eindringlich. »Sie nehmen, wenn auch nicht ganz freiwillig, an einem großartigen Projekt teil.«

»Was ist das für ein Projekt?« fragte María resigniert und kraftlos zurück.

»Haben Sie schon einmal etwas von Klonierung gehört?«

»Selbstverständlich. Identische Reproduktion von Lebewesen«, antwortete María mechanisch, als sei sie in einem Seminar bei ihrem Professor Cárdenas.

»Genau. Bei Ihnen als angehender Medizinerin habe ich das auch vorausgesetzt«, lächelte die blonde Ärztin. »Sie werden einen Jungen bekommen, und Sie werden ihn Junior nennen. Schauen Sie sich die Fotos an, ein wirklich süßer Bengel.«

Sie schob María einen kleinen Stapel von Polaroidbildern zu, den María mechanisch nahm, ohne auch nur einen Blick darauf zu werfen. Sie starrte die Ärztin entgeistert und fassungslos an.

»Sie werden es vielleicht bedauern, Ihr erstes Kind, das Ihnen nicht einmal gehören wird, unter diesen Umständen zu bekommen, aber es ist sicher doch besser so, als niemals Kinder bekommen zu können, nicht wahr.«

María knallte mit einer wütenden Bewegung die Fotos auf den Tisch. Sie rutschten auf der glatten Fläche auf Dr. Barrings zu, die vergeblich versuchte, sie vor dem Fall auf den Boden aufzufangen.

»Ich bin schwanger? Mit einem Kind, das es schon einmal gibt? Sind Sie wahnsinnig?«

María konnte sich trotz der Beruhigungspillen kaum zurückhalten, sich auf die kräftige, Autorität gebietende Frau zu stürzen. Sie schrie ihre ganze unterdrückte Wut heraus:

»Da soll ich Ihnen wohl noch dankbar sein? Ihnen und Ihren ehrenwerten Kollegen? Verbrecher sind Sie, Entführer, Vergewaltiger, Kriminelle, die Gott spielen!«

»Sie irren, mein Kind«, antwortete Dr. Barrings sehr ruhig und ordnete die Fotos, die sie hatte abfangen können. »Wir spielen keineswegs.«

»Aber das ist doch widernatürlich, was Sie hier machen!«

»Klonieren ist ein absolut natürlicher Vorgang, mein Kind«, widersprach Dr. Barrings völlig gelassen. »Soviel sollten Sie doch schon gelernt haben! Denken Sie nur an eineiige Zwillinge, genetisch völlig identisch. Hefezellen sind immer Klone, sonst würde jedes Glas Bier einer Sorte immer anders schmecken! In Texas haben wir Rennechsen, die sich ausschließlich auf diese Weise vermehren.«

»Sparen Sie sich Ihren Vortrag!« schrie María. »Deshalb sind Sie trotzdem Verbrecher! Sie haben mich entführt, schon zum zweiten Mal, Sie haben mich vergewaltigt, und Sie berauben mich meiner Freiheit!«

»Wir sind keine Verbecher im eigentlichen Sinn des Wortes!« antwortete Dr. Barrings betont ruhig. »Ich gebe zu, daß unsere humanitäre Dienstleistung nicht ganz legal ist, aber sie wird es werden. Auf lange Sicht kann die Menschheit die Augen vor den positiven Ergebnissen unserer Arbeit nicht verschließen. In erster Linie helfen wir nämlich Menschen, die ohne eigenes Verschulden in Not geraten sind. Menschen, die die Kinder, die hier geboren werden und die in aller Obhut aufwachsen, brauchen. Ich gebe auch zu, daß einige der Frauen, die hier sind, zunächst nicht ganz freiwillig an diesem Projekt mitwirken. Die meisten sind allerdings hier, weil sie mit dem Projekt vollkommen einverstanden sind. Und ich versichere Ihnen, wenn unsere Dienstleistung legal wäre, könnten wir uns kaum retten vor den vielen Frauen, die sich gern auf diese Weise Geld verdienen würden.«

María stöhnte nur hilflos auf.

»Und noch etwas: Sie müssen aufhören, an diesen romantischen Darwinismus zu glauben, der überall noch immer und gegen besseres Wissen gelehrt wird! Die Evolution verläuft nicht so gradlinig, wie Sie sich das in Ihrer Naivität vorstellen: immer eine Stufe höher und nach dem Menschen kann nichts mehr kommen. Die Evolution ist ein Chaos der Zufälligkeiten, glauben Sie mir. Wir fortschrittlichen Wissenschaftler bringen endlich System hinein, formen die Natur so, daß sie uns nützt, statt uns ständig von ihr mit Mutationen überraschen zu lassen, die uns als Art schaden.«

»Aber kein Mensch hat mich gefragt, ich bin entführt worden, ich werde gegen meinen Willen festgehalten, ich weiß nicht mal, wo ich hier bin! Und ich bin schwanger! Schwanger mit einem Kind, deren Eltern ich nicht kenne!«

María schrie es heraus, geschüttelt von einem Weinkrampf.

»Beruhigen Sie sich, Kind!«

Dr. Barrings hob die Stimme nur so weit, wie es nötig war, um sich Gehör zu verschaffen. Den mütterlich fürsorglichen, gleichzeitig energischen und belehrenden Ton behielt sie bei.

»Ich weiß, daß Sie ein großes Opfer bringen. Aber die Zeit hier wird vorübergehen. Und Sie werden lernen, das Leben hier zu genießen. Die meisten Frauen waren am Anfang geschockt, weil unser Lager Vier ein wenig an ein Gefängnis erinnern kann. Aber nun fühlen sie sich wohl hier. Nicht nur wegen des Geldes, das sie am Ende ihrer Mitarbeit bekommen. Sie haben auch eingesehen, daß die Zäune nur zu ihrem eigenen Schutz aufgebaut wurden. Der Dschungel ringsum ist voller Gefahren. Fragen Sie die Frauen und denken Sie gelegentlich daran, wie Sie in Managua gelebt haben! So viel Geld könnten Sie in Nicaragua vermutlich in Ihrem ganzen Leben nicht verdienen!«

»Was für Geld?« fragte María verblüfft.

»Hat man mit Ihnen nicht darüber gesprochen?«

Dr. Barrings schüttelte mißbilligend den Kopf. »In Ihrem Fall scheint aber auch alles schiefzulaufen. Sie bekommen einhunderttausend Dollar für Ihre Mitarbeit!«

»Das glaube ich nicht.«

»Doch, bestimmt! Sie können mir vollkommen vertrauen!«

María schüttelte den Kopf.

»Wieso ich? Wieso ausgerechnet ich?« stammelte sie.

Frau Dr. Barrings zuckte mit den Schultern.

»Dr. González hat das erste und letzte Mal für uns gearbeitet«, sagte sie bitter. »Sie einfach gehen zu lassen, in Ihrem Zustand! Die Sache mit der Entführung tut uns leid, das war völlig unnötig. Auch als Mediziner ist der Mann eine Null. Zwar hat er mit Ihnen gutes Material geliefert, entschuldigen Sie den technischen Ausdruck, aber die Abtreibung war mehr als stümperhaft. In dieser Hinsicht können Sie froh sein, daß Sie zu uns gekommen sind. Wären Sie, wie Sie es wohl vorhatten, einfach nach Hause gegangen, ohne unsere Nachbehandlung, Sie wären für immer unfruchtbar geblieben. Wenn Sie nicht sogar ex gegangen wären.«

María schüttelte den Kopf. Sie glaubte niemandem und nichts mehr.

Schon der erste Schock, den sie erlitt, als sie sich in diesem Lager fand und nicht zu Hause bei ihrer Familie, hatte María die Erinnerung an die Entführung zurückgegeben. Sie wußte nun genau, was geschehen war, hätte den frechen jungen Mann und den Wagen bis ins Detail beschreiben und den Strommast, an dem sie sich gehalten hatte, identifizieren können.

Alles in ihr sträubte sich. Alles in ihr schrie nach Flucht.

»Es gibt fast keine, die nicht in irgendeiner Phase daran gedacht hätte!« flüsterte Gerda, eine stämmige Deutsche mit langen, farblosen Haaren und einem merkwürdig singenden Akzent. »Seit ich hier bin, und das sind nun schon gut zwei Jahre, hat es aber nur eine wirklich versucht. Man hat sie erwischt, als sie den ersten Zaun hinter sich hatte. Danach haben wir sie nicht mehr gesehen. Aber sprich über so etwas nur ganz leise. Wir werden überall überwacht.«

Tatsächlich schienen die Sicherheitsvorkehrungen im Lager perfekt. Die Zimmer wurden offen sichtbar von kleinen Kameras kontrolliert.

»Das dient zur Verhinderung von Selbstmordversuchen, wie sie immer wieder mal bei Neuen vorkommen«, erklärte Gerda. »Jedenfalls sagen sie das.«

Auch in vielen Bäumen des Geländes und an bestimmten Punkten der Gebäude konnte María versteckte Kameras entdecken. Praktisch wurden große Teile des Lagers ausgespäht.

María beschloß nach dem niederschmetternden Gespräch mit Dr. Barrings, der medizinisch-wissenschaftlichen Leiterin des Projekts, sich zusammenzureißen. Es half schließlich alles nichts. Sie mußte, wenn sie eine Chance haben wollte, systematisch vorgehen.

Erstens: Das Lager erkunden. Zweitens: Wenn das hier Lager Vier hieß, wo und was waren die anderen Lager? Gab es Kontakte? Drittens: Beziehungen zu den anderen Frauen aufbauen, aber keine Freundschaften eingehen. Viertens: Den Tagesablauf des Personals analysieren. Fünftens: Die Schwachpunkte entdecken. Sechstens: Daraus den Plan entwickeln. Siebtens: Nicht ungeduldig werden! Solange sie schwanger war, war an Flucht ohnehin nicht zu denken. Und vor allem: Erst einmal herausfinden, wo sie hier überhaupt war.

Flucht war die einzige Alternative, davon war María überzeugt. Sie verstand nicht, daß andere Frauen daran glaubten, nach ihrer Zeit hier, die ja irgendwann einmal zu Ende gehen mußte, einfach wieder nach Hause gehen zu können. Manche sprachen sogar freudestrahlend über die vielen tausend Dollar dafür bekommen sollten.

»Wieder nach Hause? Gerda, du spinnst! Damit du überall herumerzählen kannst, was hier los ist?«

María war empört über soviel Naivität.

»Es würde uns doch niemand glauben!« wandte Luisa, eine kleine Peruanerin mit dickem Bauch, ein, die ein zweijähriges Mädchen aufzog. »Und wo wir hier sind, wissen wir nicht. Oder weißt du es etwa?«

María zog es vor, nicht darauf einzugehen. Sie durfte nicht auf sich aufmerksam machen, auch bei den Frauen nicht. Jede konnte, um sich vielleicht eine bessere Position zu verschaffen, dem Personal Mitteilung machen. Sollten sie doch glauben, daß sie am Ende Geld bekämen. Aber seit wann bekommen Entführungsopfer Geld von ihren Entführern?

Dreiundvierzig Frauen zählte María. Sechs von ihnen hatten bereits ein Kind, befanden sich aber wieder, wie siebenundzwanzig weitere von ihnen, sie selbst eingerechnet, die noch keine Kinder hatten, in unterschiedlichen Stadien der Schwangerschaft. Die restlichen Frauen hatten Kinder, vom Baby bis zum Dreijährigen, ohne wieder schwanger zu sein.

Die meisten schienen sich wirklich in ihr Schicksal gefügt zu haben. Manche glaubten gar das Märchen vom großen Geld nach einem zeitlich begrenzten Aufenthalt, oder sie taten wenigstens so. Die Frauen spielten mit den Kindern, säugten und windelten sie, wo sie gerade waren, dösten im Schatten oder unter den Vordächern der Pavillons, lasen Illustrierte oder nutzten den Fitneßraum und den Pool. Sie saßen in Gruppen um den Spielplatz und schwatzten munter über den neuesten Klatsch aus den Magazinen.

Einige blieben für sich, wirkten verstört und kapselten sich ab. Diese Frauen wurden öfter als die anderen zu den »Therapiegesprächen« mit Frau Dr. Barrings, zur blonden Pamela, wie sie allgemein hieß, gerufen. María mußte das richtige Maß zwischen ihrer nicht überspielbaren Wut und angepaßtem Wohlverhalten finden, ohne ihre Würde ganz zu verlieren. Nur nicht auffallen.

Die Frauen stammten aus allen Kontinenten, mehrheitlich jedoch aus Ländern der Dritten Welt, viele Latinas darunter, mit denen María instinktiv mehr Kontakt suchte, um das ihr aufgezwungene Amerikanisch gelegentlich abzulegen und sich wieder in ihrer Muttersprache ausdrücken zu können. Offiziell war allerdings nur Englisch zugelassen.

Das Lager war gar nicht so groß, wie es ihr erster Eindruck gewesen war, vielleicht fünfhundert mal fünfhundert Meter in einem nicht perfekten Quadrat. Das Gelände leicht hügelig und viel dichter bewachsen als im »Sanatorium«, auch entlang den Zäunen nicht gerodet. Das diente sicher zur Tarnung vor Entdeckung aus der Luft, führte aber immer wieder auch zu Aufregung, wenn Tiere, Affen vor allem, nachts eindrangen, um sich aus den Abfallbehältern zu bedienen.

Am Tor, von dem sich ein schmaler, nicht asphaltierter Weg fortschlängelte und bald im dichten Dschungel verschwand, und an zwei weiteren Punkten des Zaunes gab es Unterkünfte für das Wachpersonal, das aus jungen Männern bestand, die olivgrüne Militäruniformen trugen und mit Schnellfeuergewehren bewaffnet waren. Ständig hörte man in der Nähe der Zäune das Krächzen ihrer Funksprechgeräte. Eines Tages sah María durch ein geöffnetes Fenster eines der Wachhäuschen eine Reihe von Monitoren, auf denen, in etwas diffusem Schwarzweiß, Bilder vom Gelände und dem Zaun flimmerten.

María erkundete bei ihren Spaziergängen die Zäune Meter für Meter. Sie mußte das jetzt tun, jetzt, da ihre Schwangerschaft sie noch nicht in ihrer Bewegungsfreiheit behinderte. Etwa alle einhundert Meter gab es Türen in den beiden inneren Zäunen für die Wachen, die allerdings nur zwischen Zaun Eins und Zwei ihre fußschmalen Trampelpfade hatten. Der mittlere war entgegen dem Gerücht sicher nicht elektrisch geladen, es gab nirgendwo Isolatoren, und endgültige Sicherheit darüber gewann María, als sie sah, wie einer der Wachmänner sich dagegenlehnte, um eine Zigarette zu rauchen.

María machte ihre Spaziergänge allein, wenn die meisten der Frauen nach dem Mittagessen sich in ihre Zimmer zurückzogen, um der schwülen Hitze zu entgehen. Das Wachpersonal war um diese Zeit auch weniger aufmerksam, weil es wußte, daß sich während der Siesta kaum jemand im Gelände bewegte.

Dennoch traf sie eines Tages einen der jungen Männer so überraschend, daß sie sich nicht mehr rasch verstecken konnte, wie sie es ihr sonst bei diesen unverhofften Begegnungen gelungen war.

»Hola!« grüßte sie so charmant und unbefangen, wie es ihr nur möglich war.

»Keine Gespräche!« raunzte der junge Mann auf englisch und blickte kurz hoch zu einer Kamera, die in einiger Entfernung am Zaun angebracht war.

Dann zwinkerte er kurz mit dem linken Auge und deutete mit dem Kopf unmerklich in die Richtung, in die er marschierte. María drang in das Gebüsch ein und folgte ihm mühsam etwa fünfzig Meter weiter bis zu einer Biegung. Dort blieb der Mann stehen, trat an den Zaun und winkte sie kaum merklich näher.

»Hola!« grüßte er nun auch in einem sehr weichen Spanisch. »Wer bist du? Woher kommst du?«

Die zweite CD-Rom der Cornwall-Organisation, wie die Powells sie untereinander mangels einer besseren Bezeichnung nannten, fand Caroline etwa vier Monate nach der ersten auf dem Rücksitz ihres Wagens. Der gelbe Umschlag lag unter der Strickjacke, die sie achtlos dort hingeworfen hatte.

So sehr die Powells auch auf eine zweite CD-ROM gewartet hatten, um so erschrockener waren sie, sie auf diese Weise zu finden. Der Wagen hatte im Powell-Building gestanden, in dem gut bewachten Teil der Tiefgarage, der den leitenden Angestellten vorbehalten war. Caroline schwor, daß er abgeschlossen gewesen war. Spuren eines gewaltsamen Öffnens waren nicht zu entdecken.

Ohne weiter mit seiner Frau darüber zu sprechen, beschlich Arthur sofort wieder das sehr unangenehme, hilflose Gefühl des Ausgeliefertseins, das er nach der Geldübergabe gehabt und inzwischen einigermaßen erfolgreich verdrängt hatte. Aber wieder empfand er gleichzeitig auch so etwas wie Bewunderung für diese taschenspielerhafte Perfektion der Organisation.

Er hatte nicht damit gerechnet, vor der Geburt der Reproduktionen noch einmal Nachrichten über den Fortschritt des Projekts zu bekommen, und hatte versucht, in diesem Sinne auf Caroline einzuwirken, um ihre Ungeduld zu mildern. Aber Caroline wurde mit jedem Tag, der verging, ohne daß sie Neues erfuhren, nervöser, unleidlicher und launenhafter. Nur im Spiel mit Junior konnte sie, wenn auch nicht immer, Entspannung und Freude finden.

Arthur schenkte, um Caroline eine Freude zu machen, den Champagner ein, bevor sie das Programm starteten. Es begann mit dem gleichen warnenden Text wie das erste. Arthur ärgerte sich, daß er immer noch nicht mit der Entwicklungsabteilung der Denver Communications gesprochen hatte. Es mußte, da war er sicher, eine Lösung des technischen Problems der Nichtkopierbarkeit oder der Unmöglichkeit des Abfilmens geben! Er nahm sich fest vor, sich sofort in den nächsten Tagen darum zu kümmern. Um eine plausible Erklärung würde er nicht verlegen sein. Alle Mitarbeiter wußten, wenn auch offiziell darüber nicht gesprochen wurde, daß die Denver Communications Worldwide auch für die CIA und andere Geheimdienste arbeitete.

Der Monitor zeigte Pitchie Cornwall, diesmal in einem kleinen Jet, der, wie durch eines der kleinen Fenster im Hintergrund zu erkennen war, hoch über weißen Wolken durch einen strahlend blauen Himmel flog.

»Hi, Caroline, hi Arthur!« lächelte Pitchie Cornwall in die Kamera. »Ich grüße Sie sehr herzlich und hoffe, daß es Ihnen den Umständen entsprechend gut geht.«

Er lachte über seinen kleinen Scherz.

»Wir befinden uns auf dem Flug in unsere Geburtscenter, wo, wie Sie wissen, die Reproduktionen bis zu ihrem vierten Lebensjahr leben werden. Sie sollen heute die Bedingungen, unter denen sie dort heranwachsen, näher kennenlernen. So wollen wir die Flugzeit ein wenig verkürzen.«

Arthur Powell rückte auf seinem Drehstuhl in eine gespanntere Haltung und ärgerte sich noch mehr als zuvor, daß er keine Möglichkeit vorbereitet hatte, das, was sie zu sehen bekamen, zu konservieren. Er hatte einfach nicht damit gerechnet, daß so bald Neues von der Cornwall-Organisation kommen würde.

Pitchie Cornwall wurde ausgeblendet, Musik klang auf. Die ersten Bilder zeigten eine schlanke, junge Frau in einem modern geschnittenen roten Badeanzug, die in einem sonnenüberfluteten Pool schwamm. Die Kamera folgte ihr, bis sie lächelnd aus dem Wasser stieg, und zog dann weiter auf. Sie schwenkte über den Pool hinaus einen kleinen Hügel hinauf zu einem flachen, in freundlich grün-gelben Farben gestrichenen Haus, auf das einige Frauen zugingen.

Tarnanstrich, registrierte Arthur als alter Militär aufmerksam. Gut und zugleich hübsch gemacht. Vielleicht dient es auch zum Schutz vor der Sonne.

Die Kamera folgte den Frauen und Kindern, die unter den hohen, schattenspendenden Bäumen auf das Haus zuschlenderten. Sie drehten sich zur Kamera um und winkten.

»Sind unsere dabei?« fragte Caroline atemlos.

»Ich kann es nicht erkennen«, antwortete Arthur. »Sie sind zu weit weg.«

Pitchie Cornwalls angenehm sonore Stimme begann aus dem Off mit ihren Erklärungen.

»In diesem herrlichen Pool und in dem Gebäude, das wir nun betreten werden, halten sich unsere Frauen fit, selbstverständlich immer unter medizinischer Betreuung und ihrem Zustand angemessen.«

»Sieh nur die üppigen Hecken und die riesigen Bäume!« machte Caroline Arthur aufmerksam. »Das muß in den Tropen sein.«

Arthur nickte.

»Du hast recht, Tropen oder Subtropen vielleicht, Karibik oder Südsee. Afrika, Asien, Amerika. Wer weiß?«

Der Umschnitt zeigte Frauen, die in leichter Sportbekleidung rücklings auf Matten lagen und im langsamen Rhythmus der Musik die Beine anzogen und wieder streckten. Alle machten einen gesunden und fröhlichen Eindruck. Einige von ihnen waren sichtlich schwanger. Dann sah man sie bei anderen Übungen, die Pitchie Cornwalls Stimme als »Schwangerschaftsaerobic« bezeichnete, alles in sehr schönen, wie bei einem Werbespot in rascher Folge zusammengeschnittenen Sequenzen.

»Hier unsere umfangreiche Mediothek mit Büchern, Zeitschriften, CDs und so weiter.«

Der Raum war groß, die wandhohen Fenster und Glastüren führten anscheinend auf eine weitläufige Terrasse. Geschmackvolle Bilder an der Wand, üppige Pflanzen in Terrakottakübeln, eine große Voliere mit Papageien.

»Unsere Küche.«

Ein chromblitzender, anscheinend klinisch sauberer Raum.

»Der Schönwetterspeisesaal.«

Frauen und Kinder saßen auf einfach gezimmerten Bänken an langen Tischen ohne Tischtüchern unter hohen Bäumen und aßen. Schüsseln mit Reis und Gemüsen waren zu erkennen, Schalen voller Obst, Ananas, Bananen, Äpfel, Mangos. Krüge mit Saft in verschiedenen Farben. Mehrere hohe Vasen mit Blumen. Ein Bild, als sei es in einer einfachen Lodge bei einer Safari aufgenommen worden.

»Da!« rief Caroline aufgeregt. »Da! Das ist eine von unseren! Die mit den schwarzen Haaren!«

Aber schon verschwand das Bild wieder, Arthur war nicht sicher, ob Caroline recht hatte. Der Monitor zeigte nun ein kleines Zimmer, dessen Fenster auf eine blühende, sonnenbeschienene Hecke ging.

»Die Zimmer sind einfach, aber doch mit allem nötigen Komfort ausgestattet, den die Frauen für ihr Wohlbefinden benötigen, damit die Reproduktionen auch schon in der pränatalen Phase ihrer Entwicklung förderlichen, angenehmen Einflüssen ausgesetzt sind.«

»Hey, Arthur! Das ist ja ›Luna de Miel‹!« rief Caroline und schlug Arthur auf den Oberschenkel. »Erinnerst du dich?«

Tatsächlich flimmerten auf dem Fernsehapparat in der Zimmerecke Bilder. Und Caroline hatte recht. Da lief, wenn auch nur kurz und schwach erkennbar, wirklich »Luna de Miel«, einer dieser lateinamerikanischen Endlos-Seifenopern mexikanischer oder brasilianischer Provenienz. Sie hatten etliche Folgen davon während ihres Urlaubs vor zwei Jahren in Costa Rica gesehen.

Arthur lachte auf: »Na, wenn's der pränatalen Phase nützt!«

»Und nun zu unseren medizinischen Einrichtungen.«

Pitchie Cornwalls Stimme wurde eine Spur sachlicher.

Der schnelle, mit Musik unterlegte Zusammenschnitt zeigte moderne Krankenzimmer, die offensichtlich mit Klimaanlagen ausgestattet waren, einen schneeweißgekachelten Operationssaal, eine kreißende Frau, der liebevoll der Schweiß von der Stirn getupft wurde, diverse Bildschirme, auf denen Linien und pulsierende Punkte oszillierten und giftgrüne Zahlen verwirrend blinkten. Man sah, wie Hände in hauchdünne OP-Handschuhe schlüpften, wie Spritzen aufgezogen wurden, und schließlich ein nasses, krebsrotes Baby, das in die Höhe gehoben wurde. Die Nabelschnur baumelte auf die Kamera zu.

Pitchie Cornwall erschien wieder auf dem Bildschirm. Er schloß den Gurt seines Sitzes und lehnte sich zurück.

»Wir setzen nun zur Landung an«, lächelte Pitchie Cornwall. »Sie sehen, wir sind vorbereitet. Wir geben auch Ihnen nun wieder zwei Minuten, sich vorzubereiten, falls Sie es nicht ohnehin schon sind.«

Er machte eine kleine Pause und winkte die Kamera schelmisch etwas näher. Sie fuhr extrem nah auf sein Gesicht zu, bis nur noch Mund, Nase und Augen zu sehen waren.

»Denn wir haben wieder gute Nachrichten für Sie!«

Caroline und Arthur stießen mit ihren Gläsern an und tranken. Die Bilder zeigten das Geburtscenter aus der Luft, als kreise der kleine Jet über der Anlage. Der Pool glitzerte in der Sonne, sonst konnte man Gebäude und Wege nur erahnen.

»Wie in Costa Rica!« schwärmte Caroline.

»Du hast recht, Liebes«, stimmte Arthur zu. »Vielleicht ist es sogar Costa Rica, obwohl, nein, Costa Rica ist zu klein ... Venezuela vielleicht, Kolumbien, Brasilien oder Myanmar, Papua Neuguinea, die Philippinen, weiß der Geier.«

»Aber die Telenovela!« beharrte Caroline. »Eine Latino-Seifenoper in Asien?«

»So endlos sie auch sein mögen«, widersprach Arthur, »in Costa Rica dürfte sie inzwischen doch abgelaufen sein.«

»Dann vielleicht doch Ecuador oder Peru oder Brasilien«, mutmaßte Caroline.

Die zwei Minuten vergingen wie in einem Videoclip auf einem Musikkanal. Die Powells sahen, nervös und belustigt, weiter übertrieben schöne Bilder vom Gelände des Geburtscenters, das eher einer Hotelanlage im Bungalowstil glich. Stahlblau glänzten Photovoltaikanlagen in der Sonne. Man sah Frauen und Kinder bei der Freizeitgestaltung, lesend, spazierengehend, dösend, aber auch in anscheinend organisierten Gesprächskreisen. Niemals geriet Personal ins Bild, keine Ärzte, keine Schwestern, keine Köchinnen.

Klar, die gehen eventuell mal auf Urlaub, man soll sie nicht erkennen, dachte Arthur. Aber was geschieht eigentlich mit den Frauen, wenn die Reproduktionen in die Vorschulen wechseln, weg von ihnen, damit sich keine zu feste Beziehung entwickeln kann? Cornwall hatte das sehr einleuchtend und pragmatisch erklärt. Man konnte diese Frauen doch nicht einfach wieder nach Hause schicken. Weshalb stellten sie sich zur Verfügung, wenn sie anschließend nicht nach Hause durften, was Arthur immer wahrscheinlicher schien, je länger er darüber nachdachte. Die Gefahr, daß sie sich verplauderten, war sicher zu groß für die Organisation. Oder wurden sie vielleicht so gut bezahlt, daß sie schwiegen? Für immer schwiegen?

»Achtung! Es geht weiter!«

Carolines Hand klatschte wieder fest auf Arthurs Oberschenkel.

Pitchie Cornwall zog sich seine leichte Leinenjacke aus und lockerte die Krawatte. Ihm war sichtlich warm, er trug ein kurzärmeliges weißes Hemd. Er warf die Jacke, einen Finger im Aufhänger, schwungvoll über die linke Schulter, die rechte Hand in der Hosentasche. Er schlenderte unter den Bäumen der Anlage.

»Wir kommen als erstes zu Nummer Zwölf Siebzehn Strich Zwei in unserer Anlage Eins.«

Er setzte sich auf eine Bank aus unbehandeltem Holz, die unter einem mächtigen Baum stand, zu der Frau, die die Powells seit der ersten CD-ROM die »Irin« nannten. Ihr rundes Gesicht mit den lustigen roten Haaren strahlte, ihre Hände ruhten friedlich gefaltet auf ihrem prallen Bauch, der ein luftiges blaues Kleid spannte.

»Wie geht es Ihnen?« fragte Pitchie Cornwall und legte ihr vertraulich eine Hand auf die Schulter.

»Es geht mir gut, vor allem geht es aber dem Baby gut«, sagte die junge Frau und klopfte zufrieden auf ihren Bauch. Sie warf einen schnellen Blick auf Mr. Cornwall, der ihr aufmunternd zunickte.

»Ich kenne Sie nicht, liebe Eltern meines Babys, wir werden einander nie kennenlernen, das ist ja Teil der Abmachung«, sprach Nummer Zwölf Siebzehn Strich Zwei direkt in die Kamera. »Aber ich möchte Ihnen auf diesem Wege versichern, daß die Leute hier, und ich selbst natürlich auch, daß wir alles tun, damit Ihr Junior, ich meine, die Reproduktion, gesund auf die Welt kommen wird. Sie brauchen sich keine

Sorgen zu machen, wirklich nicht! Das ist es, was ich Ihnen sagen wollte.«

Sie lächelte ein wenig verschämt und warf Mr. Cornwall wieder einen raschen Blick zu. Er nickte und tätschelte ihr zufrieden die Schulter. Dann stand er auf und schlenderte weiter, während die Kamera auf die Hände der »Irin« zoomte, die in einer Geste größter Ruhe und Gelassenheit auf ihrem enormen Bauch ruhten.

»Und hier präsentiere ich Ihnen Null Drei Null Fünf Strich Eins«, erklang Cornwalls Stimme aus dem Off.

Die Lateinamerikanerin kam vom Pool her auf die Kamera zu. Ihr leicht watschelnder Gang, die zierliche Figur und der dicke Bauch, den sie vor sich her trug, wirkten rührend. Sie winkte heftig und ungelenk, als folge sie unlustig und ungenügend einer Regieanweisung. Sie hatte eine rote Blüte ins Haar gesteckt, die perfekt zu ihrem roten Kleid paßte.

»Sie ist unsere aktivste Spaziergängerin in der Anlage Nummer Vier, aber nicht mehr allzu lange und sie wird die Wege durch den Park mit dem Bett vertauschen müssen«, scherzte Pitchie Cornwall.

Die Frau kam näher, gelegentlich ihren Bauch stützend, schaute ohne zu lächeln in die Kamera und sagte:

»Hola!«

Dann verschwand sie aus dem Bild, in das Pitchie Cornwall trat.

»Sie ist nicht sehr gesprächig. Unsere Psychologen meinen, das sei völlig okay, nur eine kleine Schwangerschaftsdepression, wie sie immer wieder vorkommt«, sagte er amüsiert entschuldigend. »Dann fehlt uns nur noch Nummer Eins Null Eins Null Strich Zwei in Anlage Drei. Bitte sehr.«

Die »Russin« wurde in ihrem Zimmer gezeigt. Sie saß ziemlich breitbeinig in einem Korbsessel am Fenster, auch sie mit einem deutlich sichtbaren Bauch unter einem weiten, hellen Kleid, eine Illustrierte in der Hand, die sie gleich fortlegte.

»Es geht uns gut!« erklärte sie mit fester Stimme. »Sie können allmählich schon einmal beginnen, sich zu freuen.«

Es klang ein wenig wie auswendig gelernt, aber sympathisch.

Pitchie Cornwall erschien wieder, jetzt an der kleinen ausklappbaren Treppe des Jets, von dem nicht viel mehr als dieser kleine Ausschnitt zu erkennen war. Er hielt in der Bewegung des Einsteigens inne und wandte den Blick in die Kamera.

»Ja, sie hat recht, Caroline und Arthur«, lächelte er verbindlich. »Beginnen Sie ruhig schon damit, sich zu freuen.«

Wieder machte er eine Bewegung, als wolle er das Flugzeug besteigen, hielt aber nochmals inne.

»Ich hätte es beinahe vergessen«, sagte er. »Wir können Ihnen einen neuen Service anbieten, der Sie lediglich 5.000 pro Rate kosten wird. Wenn Sie mögen, bekommen Sie alle acht Wochen ab Geburt der Reproduktionen ein Bulletin von uns. So bleiben Sie noch enger an der Entwicklung der Reproduktionen. Beantworten Sie einfach die erste Frage, die wir Ihnen bei unserem Telefonat stellen werden, mit ja oder nein, wie Sie es wünschen.«

Cornwall winkte lässig in die Kamera und verschwand im Jet. Sofort wurde die kleine Treppe eingezogen, die Tür schloß sich. Dann sah man das kleine Flugzeug in einen glutroten Abendhimmel starten, während Cornwalls Stimme aus dem Off kam: »Machen Sie's gut, Caroline und Arthur. Wir hoffen, daß Sie mit unserer Arbeit so zufrieden sind wie wir selbst. Bis bald, nein, bis sehr bald. Gott segne Sie!«

Das Bild wurde sanft ausgeblendet, es erschien der gleiche Nachspann wie beim ersten Programm. Arthur notierte rasch die lange stehende Telefonnummer und verglich sie mit der von der ersten CD-ROM. Es war, wie erwartet, eine andere.

»Bitte sag ja, Arthur. Alle acht Wochen!«

Arthur sah Caroline zweifelnd an.

»Willst du dir das wirklich zumuten, Liebes?«

»Arthur, bitte!«

Gerda, die stämmige Deutsche, erzählte María, sie sei mit dem Versprechen in die USA gelockt worden, in New York einen tollen Job in der deutschen Niederlassung einer bekannten Firma antreten zu können. In Halle, einer kleinen Stadt mitten in Deutschland, aber auch in der weiteren Umgebung sei die Aussicht, eine Arbeit als Fremdsprachensekretärin zu bekommen, sehr gering gewesen. Deshalb habe sie, sehr gegen den Willen der bodenständigen Eltern, die Chance ergriffen.

In New York holten sie zwei smarte junge Herren vom Flughafen ab und brachten sie in einer dieser Stretch-Limousinen, wie man sie aus manchen Hollywoodfilmen kannte, in einem schicken Hotel unter, das sie sich privat nie hätte leisten können. Dann geschah zwei Wochen lang nichts. Sie rief die Siemens-Filiale an, wo sie arbeiten sollte, aber die Leute dort wußten angeblich nichts von ihr und schon gar nichts von einer freien Stelle in der Repräsentanz der Geschäftsleitung, wie es ihr versprochen worden war.

Allmählich gingen Gerda die Dollars aus, aber in ihren regelmäßigen Telefonaten mit den Eltern mochte sie den Fehlschlag nicht eingestehen und behauptete, es gehe ihr blendend.

»Notfalls hätte ich eben in irgendeiner Boutique gejobbt«, meinte sie gleichmütig.

Als sie schon recht verzweifelt war, tauchten die beiden jungen Herren, die sie am Kennedy-Airport in Empfang genommen hatten, wieder auf, entschuldigten sich ebenso höflich wie langatmig und brachten sie in ein sehr schönes, kostbar eingerichtetes Landhaus außerhalb New Yorks, wo sie einen Mr. Cornwall traf, der charmant, aber unumwunden zur Sache kam.

»Da ist, zugegebenermaßen, etwas schiefgelaufen. Eine Kette von bedauerlichen Mißverständnissen und Irrtümern«, erklärte er etwas vage. »Aber wären Sie unter Umständen bereit, als Leihmutter ein Kind fremder Eltern auszutragen? Da wären hunderttausend Dollar für Sie drin. Soviel könnten Sie in Deutschland in zwei Jahren nicht verdienen.«

Gerda stand der Mund offen.

»Sie würden in den Tropen leben, sozusagen da, wo andere, reiche Leute Urlaub machen, Sie müßten nicht arbeiten, könnten kostenlos wohnen, kostenlos essen, wären medizinisch bestens versorgt ...«

»Also, darüber müßte ich erst einmal in Ruhe nachdenken ...«, murmelte Gerda völlig perplex.

»Die Alternative ist, daß Sie unverrichteter Dinge nach Deutschland zurückkehren und sich auf dem Arbeitsamt melden«, gab Mr. Cornwall lakonisch zu bedenken. »Wenn Sie das wollen, übernehmen wir selbstverständlich die Flugkosten ...«

Zurück nach Deutschland? Den Eltern, den Freunden und Bekannten erzählen, was hier mit ihr passiert war, nachdem sie in den Telefonaten von den Wundern New Yorks geschwärmt hatte? Daß alles ein Irrtum gewesen war, ein Irrtum, der sie bisher schlappe zweitausend Mark, über tausend Euro, die ihre gesamten Ersparnisse darstellten, gekostet hatte?

»Sie haben mich reingelegt!« protestierte sie halbherzig.

»Nein«, widersprach Mr. Cornwall, »bestimmt nicht, glauben Sie mir. Hätten wir sonst so viel in Sie investiert, Hotel, Flugkosten? Wie ich schon sagte, eine Reihe unglücklicher Umstände. Eben deshalb bieten wir Ihnen nun eine zweite Chance, eine sehr gute sogar, nicht wahr. Hunderttausend Dollar praktisch ohne Arbeit! Kommen Sie, ich zeige Ihnen etwas!«

Das Video, das er ihr vorführte, überzeugte sie. Bungalowanlagen in herrlicher Umgebung, schwangere Frauen am Pool, beim Essen, bei Sport und Freizeit, bei Gymnastik und medizinischer Betreuung. Und hunderttausend Dollar waren schließlich auch nicht zu verachten.

»Daß das hier ein halber Knast ist, daß wir nicht raus dürfen, das habe ich natürlich erst gemerkt, als wir schon hier waren«, lachte Gerda. »Aber es gibt Schlimmeres im Leben.«

»Wie meinst du denn das?« fragte María verblüfft.

»Nun ja, wir werden schließlich nicht schlecht behandelt, ganz im Gegenteil. Dazu das angenehme Klima, das gute Essen, die interessante Bibliothek, der traumhafte Pool ... das alles gibt es in Halle an der Saale nicht, das kannst du mir glauben. Und vergiß nicht, wenn's vorüber ist: hunderttausend Dollar! Deshalb mache ich das ja nun schon zum zweiten Mal!«

Nun wußte María, daß sie Gerda vergessen konnte. Gerda konnte keine Verbündete werden. Und Verbündete würde sie brauchen, über Ramón, den jungen Wachmann, hinaus. Und auch bei ihm war es noch zweifelhaft, wie er sich im Ernstfall verhalten würde.

Den Plan, den sie nach der Überwindung ihres Schocks gefaßt hatte, in die Tat umzusetzen, hatte sich als schwieriger erwiesen, als sie zunächst geglaubt hatte. Immerhin war es ihr geglückt, bei einer der regelmäßigen Sitzungen mit Frau Dr. Barrings einen kleinen Notizblock und einen Kugelschreiber mitgehen zu lassen, ohne in Verdacht zu geraten. Damit besaß sie ein wichtiges Handwerkszeug.

In den folgenden Wochen notierte sie mit Akribie die Tage und Uhrzeiten, zu denen der kleine Lastwagen (Marke Toyota, grün, neuwertig, ohne Kennzeichen oder Beschriftung) mit Lebensmitteln, Medikamenten, Zeitschriften, Büchern und anderen Gütern kam, die im Lager benötigt wurden. Aber eine Regelmäßigkeit ließ sich nicht daraus ableiten, anscheinend wurde nach Bedarf bestellt und geliefert. Nur der Fahrer war stets derselbe, ein untersetzter, immer schwitzender Mann um die Fünfzig mit Cowboyhut aus Stroh und kleinen, nicht unsympathischen Schweinsäuglein.

María fertigte eine Skizze des Lagers an, in die sie nach und nach die Lage der Gebäude zueinander, die Wachhäuschen, den Verlauf der Zäune und alle Türen darin und die Positionen der Kameras, soweit sie sie entdecken konnte, mit größtmöglicher Genauigkeit eintrug. Als Maßeinheit nahm sie ihre eigenen Schritte bei einem bestimmten, nicht zu schnellen Tempo. Sie notierte Besonderheiten des Geländes und wo die Solaranlagen zur Energieversorgung montiert waren. Sie notierte, wo welche Frau lebte, ob sie schon ein Kind hatte oder wann ihre Niederkunft bevorstand, und versah die Namen, die als mögliche Verbündete ausschieden, mit einem kleinen Kreuz. Sie spionierte den Dienstplan der Wachen aus, schon, um gelegentlich Ramón zu treffen, den sie kalten Herzens in sich verliebt machen wollte.

Und sie schrieb auf, was ihr am übrigen Personal auffiel, welche Arbeitszeiten, aber auch welche Charakterzüge und speziellen Gewohnheiten und Marotten sie hatten, von der Köchin und dem Reinigungspersonal über die Schwestern und Pfleger bis hin zu den Ärzten und Frau Dr. Barrings selbst. Der kleine Block füllte sich schnell, und sie mußte bald beginnen, sparsam mit dem Papier umzugehen, das sie zusammen mit dem Stift in einem guten Versteck bei einer riesigen Bambusstaude aufbewahrte. Sie war mit ihrer Arbeit zufrieden, auch wenn bisher noch kein Schwachpunkt im System des Lagers zu entdecken war.

Marias einzige Hoffnung war bisher Ramón, mit dem sie geschickt flirtete, was ihr nicht sehr schwer fiel, da er durchaus sympathische Züge hatte. Er war vielleicht drei, vier Jahre älter als sie, hatte dunkelbraune, glänzende Haut, pechschwarzes glattes Haar und einen fadenscheinigen Oberlippenbart, den er ständig glatt strich, was ihr auf die Nerven ging. Aber diese kleine Unart wurde durch seine einfache, aufrichtige Art und sein bubenhaftes Lächeln leicht wettgemacht. Ramón war klein und rundlich, ein eher weicher Typ, zu dem das Schnellfeuergewehr in seinen dicken Händen nicht zu passen schien.

»Es gibt keine Arbeit, nirgends«, erklärte er leichthin. »Wenn ich nicht hier arbeite, muß ich wie die Indios leben. Ich mag das nicht.«

»Wo sind wir hier eigentlich?« fragte María so harmlos wie möglich.

»Hier?« fragte Ramón verwundert zurück. »Na, in Venezuela.«

»Ja, klar, Venezuela«, tat María belustigt, als sei es das Selbstverständlichste von der Welt. »Das weiß ich auch. Aber wo genau?«

»Wie soll ich sagen?« meinte Ramón unsicher. »Ziemlich im Süden, weißt du, fast an der Grenze zu Brasilien.«

»Geht es etwas genauer? Gibt es Städte in der Nähe oder größere Ortschaften?«

»Weiß nicht«, murmelte Ramón verlegen. Er fühlte sich gegenüber der jungen, hübschen Frau mit dem dicken Bauch verunsichert. María war so viel gebildeter als er, der nie eine Schule von innen gesehen hatte.

»Bis zur Grenze sollen es gut hundert Kilometer sein, aber da war ich noch nicht. Gibt ja keine Straßen hier.«

»Aha, aber vielleicht Flüsse?« María mußte sich beherrschen, um nicht ungeduldig zu werden.

»Sicher!« strahlte Ramón, froh, behilflich sein zu können. »Im Süden fließt der Río Yatua und im Norden der Río Siapo, die beide in den Casiquiare münden.«

»Und der Yatua und der Siapo sind ganz in der Nähe?«

»Dreißig, vierzig Kilometer vielleicht. Aber zum Yatua gibt es keinen Weg.«

»Heißt das, der Weg vom Lager führt zum Siapo?«

Ramón warf ihr einen schnellen Blick zu.

»Ich weiß nicht, ob ich darüber sprechen darf.«

María nickte ihm zu. Sie hatte verstanden.

»Aber keine Städte?« fragte María noch einmal, aber sie hatte die Hoffnung schon aufgegeben.

»Hier im Regenwald? Es gibt ein paar richtige Orte, aber weit weg. Und immer quer durch den Wald«, lächelte Ramón gutmütig, als er die Ungeduld Marias bemerkte. »El Mango und Siapa am Casiquiare, ungefähr hundert Kilometer nordwestlich von hier. Ich war mal in Siapa, ein trübes Nest. Im Westen, am Río Negro, liegt Santa Rosa de Amandona, mehr als hundert Kilometer weit weg.«

»Am Río Negro ... Ist das nicht schon Brasilien?« fragte María aufgeregt.

»Bei Santa Rosa ist er der Grenzfluß zu Kolumbien.«

Verzweifelt versuchte María, sich eine Landkarte vorzustellen, aber es gelang ihr nicht.

»Und die Berge? Wie heißen die Berge hier? Haben sie einen Namen?

»Oh ja!« strahlte Ramón sein jungenhaftes Lächeln. »Das ist die Sierra de la Neblina.«

Sierra de la Neblina, noch nie gehört.

»Aber auf den Flüssen fahren Schiffe, oder?«

»Schiffe?« lachte Ramón. »Früher schon, hab ich gehört. Schiffe, die den Casiquiare und den Orinoco hinabfuhren. Aber jetzt, nein, nur ab und an ein Kanu der Indios. Ich gehe manchmal an den Siapo, wenn ich ein paar Tage hintereinander frei habe. Schwimmen, Fischen, Jagen, das ist sehr schön. Man muß nur auf die Indios aufpassen. Die sind manchmal sehr aggressiv.«

Und dann verlor sich der junge Mann träumerisch und ernst zugleich in einem merkwürdig mystischen Jägerlatein, in dem es von Geistern und Fabelwesen nur so wimmelte. Immerhin hatte María begriffen, daß der Siapo und der Yatua nicht weit entfernt sein konnten. Die mündeten, soweit vertraute sie Ramóns Angaben, in den Casiquiare und der führte zum Orinoco. Und Orinoco war ein Wort, das sie wenigstens kannte.

Eine kleine Hoffnung, an die sie sich klammerte.

Als die Beschwerden der Schwangerschaft zunahmen und sie nicht mehr so viel »spazierengehen« konnte, sondern mehr die Bänke unter den Bäumen und die Liegen am Pool in Anspruch nahm, begann María zwangsläufig sich immer intensiver mit dem Wesen auseinanderzusetzen, das gegen ihren Willen in ihrem Leib heranwuchs.

»Auch wenn es nicht Ihr eigenes Kind sein wird«, sagte Dr. Barrings auf einer der psychotherapeutischen Gruppensitzungen, an denen María und drei weitere Frauen des gleichen Schwangerschaftsmonats regelmäßig teilnehmen mußten, die zum ersten Mal an diesem Projekt mitwirkten, »auch dann werden Sie eine Beziehung zu dem Baby entwickeln, sich als Mutter fühlen, es lieben und es schützen wollen. Das nennt man populärwissenschaftlich wohl Instinkt, Mutterinstinkt, nicht wahr.«

Einige der Frauen strichen sich über ihre Bäuche und nickten versonnen.

»Wir fördern diese Beziehung von Ihnen zu dem Kind durchaus, sowohl in Ihrem Interesse wie dem des Kindes und dem seiner wahren Eltern«, dozierte die blonde Pamela. »Aber Sie müssen sich bewußt sein, daß Sie das Kind nicht für immer haben werden. Sie werden es den wahren Eltern geben müssen, auch wenn Sie es noch so lieb gewinnen. Das ist die Abmachung. Haben wir uns verstanden?«

Und alle nickten mehr oder weniger überzeugt.

María hatte zunächst überhaupt keine definierbare Beziehung zu dem Embryo in ihrem zusehends an Umfang gewinnenden Leib, der ihr das Gehen, Stehen und alle anderen körperlichen Beschäftigungen zunehmend erschwerte. Zu sehr war sie mit ihren Notizen und Aufzeichnungen beschäftigt, mit ihren Kombinationen, die sich daraus ergaben, beziehungsweise sich eben partout nicht ergeben wollten. Wenn es eine Beziehung gab, dann war es, daß sie sich belästigt fühlte, in ihrem Willen behindert, so bald wie möglich von hier zu fliehen, nicht nur um ihrer persönlichen Freiheit willen, die Grund genug gewesen wäre, sondern vielmehr noch, weil die Welt davon erfahren mußte, was hier geschah.

Es gab zwei Möglichkeiten: nach Westen zu dieser Grenzstation Santa Rosa de Amandona, dort gab es sicher Polizei, die Hilfe rufen konnte, und dazu die Möglichkeit, nach Kolumbien überzuwechseln, was die Verfolgung erschweren könnte. Angst machten ihr die riesigen Entfernungen, von denen Ramón gesprochen hatte, und das Fehlen von Straßen. Allein quer durch den Dschungel? Unmöglich!

Die einzige Alternative waren die Flüsse im Süden und

Norden. Ramón war eindeutig ein wenig beschränkt, zumindest ungebildet, möglicherweise irrte er sich über die Aggressivität der Indios.

Mehr denn je, wenn auch in kleineren Intervallen als früher, nutzte María den Pool, zum einen, weil sie für den Fall der Fälle trainiert sein wollte, zum anderen, weil sie im Wasser ihren Bauch nicht mehr als eine so schwere Last im doppelten Sinne empfand.

»Nehmen Sie sich ein Beispiel an María, meine Damen!« lobte die blonde Pamela in einer Sitzung, und María gelang es, geschmeichelt zu lächeln.

Das Verhältnis Marias zu der beherrschten Chefärztin hatte sich seit dem ersten Zusammenprall erheblich verbessert. Auf eine merkwürdige Art begann sie, die Frau zu respektieren. Dr. Barrings war völlig von ihrer Arbeit überzeugt. Nie zeigte sie auch nur einen Funken von Unrechtsbewußtsein. Und Dr. Barrings begann, María als Partnerin für kontroverse, interessante Gespräche zu schätzen.

»Die wahren Künstler sind heute wir, die Genforscher, die Gentechniker!« erklärte sie María nach einer Gruppensitzung. »Sehen Sie, Sie sind intelligent und gewissermaßen vom Fach, mit Ihnen kann ich darüber wenigstens reden. Wir, die Biochemiker, die Molekularbiologen und Ärzte, wir sind diejenigen, die Neues zum Wohle der Menschheit schaffen. Die sogenannten Künstler reproduzieren doch lediglich das Chaos, das sie in der Welt und in ihren eigenen Köpfen vorfinden, nutzlosen Krempel, sentimentalen Quatsch, scheinpolitischen Nonsens. Bestenfalls schaffen sie etwas Dekoratives, aber selbst das nur selten.«

»Aber«, wandte María ein, »können Sie denn Ihr Wissen, ihr enormes Potential nicht anders nutzen? Ich will nur von Nicaragua sprechen, weil ich es aus eigener Erfahrung kenne. So viele Kinder sterben an Masern und anderen Krankheiten, die in reichen Ländern ein Witz sind! So viele Menschen sterben, weil sie sich die nötigen Impfungen oder Behandlungen nicht leisten können!«

»Der Impfstoff gegen, sagen wir Masern, weil Sie das Beispiel anführten, María«, erwiderte Pamela Barrings sehr ernst und leise, »ist massenhaft vorhanden und spottbillig, das wissen Sie sicher selbst. Wenn er nicht eingesetzt wird, ist das eine politische Entscheidung, keine medizinische. Das trifft praktisch auf alle vermeidbaren Krankheiten zu, Diarrhöe, Cholera, Kinderlähmung, was Sie wollen. Sie wissen vielleicht, um ein weiteres Beispiel hinzuzufügen, wie weit wir in den entwickelten Ländern in der Erforschung und Therapie von Krebserkrankungen aller Art gekommen sind. Wir Ärzte würden nichts lieber tun, als unsere Arbeit in den Dienst aller Menschen zu stellen. Aber das ist nicht unsere Entscheidung.«

»Das Übel ist unsere Armut«, seufzte María. »Unsere Armut und unsere Unmündigkeit.«

»Da mögen Sie recht haben, mein Kind«, stimmte Dr. Barrings zu. »Aber das liegt außerhalb meiner Kompetenz.«

»Aber mich trifft es direkt. Wäre ich hier, wenn ich nicht arm wäre?«

Pamela Barrings blickte María mit einer gewissen Überraschung an.

»Vielleicht nicht, vielleicht wirklich nicht«, murmelte sie betroffen.

Dann setzte sie heftig hinzu: »Aber vergessen Sie zweierlei nicht: Erstens ist und bleibt dies hier ein großartiges wissenschaftliches Projekt! Und zweitens bekommen Sie schließlich einhunderttausend Dollar dafür, nicht wahr!«

»Glauben Sie das wirklich, Pamela?«

Dr. Barrings antwortete nicht.

Als sich der kleine Junior zum ersten Male in ihr bewegte, so daß sie es deutlich und mit Überraschung spürte, änderte sich Marias Einstellung zu dem Kind schlagartig. Von einer Sekunde zur anderen wurde ihr bewußt, daß sie etwas Lebendiges in sich trug, ein Kind, ein menschliches Wesen, das eines Tages Mama zu ihr sagen würde, das sie in den Schlaf singen würde, wie sie es mit ihren kleineren Geschwistern daheim in Managua getan hatte, das Laufen lernen würde und getröstet werden müßte, wenn es hingefallen wäre, tausend kleine Dinge, tausend kleine Katastrophen, tausend kleine Freuden. Ein Kind, das Träume und Hoffnungen haben würde, Talente und Liebenswürdigkeiten, sicher auch manche Unart und Boshaftigkeit, die man als Mutter aber bestimmt gern verzeihen würde.

Als Mutter! Valentín!

Alles in María schrie nach Valentín, nach den Eltern, den Geschwistern. Vor allem aber nach Valentín. Auch wenn er gelegentlich sehr schroff und ungehobelt zu ihr gewesen war, ein Macho, wie er im Buche stand, so konnte er doch auch so einfühlsam, so zärtlich und fürsorglich sein. Valentín!

Und dann war ihr Entschluß da: Dieses Kind wird mein Kind sein, wenn ich schon nicht Valentins Kind haben durfte. Es wird meines sein und weder dem Projekt noch den Auftraggebern gehören. Perverse Unmenschen! Lassen sich ihr Baby reproduzieren!

Das Kind wird meines sein! Nur meines! Ich werde sein erstes Lächeln sehen, ich werde seine Stimme eher als jeder andere hören. Ich werde seine Mutter sein, mich wird Junior Mama nennen!

Junior? Nein! Ihr Kind brauchte einen eigenen Namen!

Julio!

Die Wehen dauerten lange und die Schmerzen waren kaum erträglich. Dr. Barrings kümmerte sich persönlich um María, sprach ihr Mut zu und wischte ihr den Schweiß von der Stirn.

»Etwas wollte ich Sie schon lange fragen, es kam aber nie dazu«, keuchte María in einer Wehenpause.

»Fragen Sie.«

»Ich habe darüber nachgedacht, was in Managua passiert ist«, stieß María hervor. »Eigentlich ist es doch für dieses Projekt völlig unerheblich, ob die Frauen eigene Kinder bekommen können oder nicht. Hauptsache, die Gebärmutter funktioniert. Habe ich recht?«

»Es ist etwas verkürzt dargestellt«, lächelte die Ärztin, »aber im Prinzip stimmt das so.«

»Aber ist es wahr, daß ich, sagen wir, eines Tages auch eigene Kinder bekommen könnte?«

»Ja, das stimmt, mein Kind«, antwortete Pamela Barrings nicht ohne Rührung. »Sie können eigene Kinder bekommen. Und es stimmt, das schwöre ich Ihnen, daß Sie keine hätten bekommen können, ohne die Behandlung, die Sie im Sanatorium erhalten haben.«

María nickte und biß die Zähne zusammen, als die Wehen erneut und heftiger als zuvor einsetzten.

Dann kam das Kind ohne weitere Verzögerungen auf die Welt, rot, glitschig und markerschütternd schreiend. Die Hebamme legte es ihr auf den noch immer geschwollenen Leib. Das Kind hörte auf zu schreien, langsam ging Marias Körperwärme in seine Haut über.

Nun war er da: ihr Julio!

ZWEITER TEIL

»Howie, alter Champ, wie geht es dir?«

Arthur Powell bemühte sich, seiner Stimme einen aufgeräumt heiteren Klang zu geben. Er wechselte den Telefonhörer in die linke Hand.

»Wir sollten uns mal wieder sehen, was meinst du?«

Howard Stevens am anderen Ende lachte.

»Einer unserer berühmten Herrenabende, Captain? Du weißt, dafür bin ich immer zu haben. Seit ihr euren Junior habt, bist du ja fast völlig aus dieser Welt verschwunden! Soll ich Mitch und Cliff und dem alten Barry Bescheid sagen? Soweit ich weiß, sind alle in der Stadt.«

»Hab' was mit dir zu besprechen, Howie. Dazu brauchen wir die anderen nicht. Aber das soll uns nicht davon abhalten, ein bißchen auf die Pauke zu hauen, Champ.«

»Etwas Ernstes, Captain? Du klingst mir etwas übertrieben fröhlich.«

»Darüber reden wir dann, Howie. Wie wär's mit Freitag, so gegen sieben Uhr?«

»Übermorgen schon? Scheint ja dringend zu sein. Aber okay, ich bin für dich da, das weißt du. Im Atlantic?«

»Wie immer, Champ, wie immer.«

»Du weißt, Arthur, ich lasse alles stehen und liegen...«

Arthur Powell nickte befriedigt.

»Laß uns am Freitag darüber reden, okay?«

»Okay, bis dann, Captain.«

»Bis dann, Champ. Und vielen Dank!«

Seit die dritte und vierte CD-ROM der Cornwall-Organisiation eingetroffen waren, hatte Arthur Powell keine Ruhe mehr. Caroline gebärdete sich wie eine Verrückte und mit jeder neuen Scheibe wurde es schlimmer.

»Arthur! Schau nur, das ist exakt Junior! Dreimal Junior!«

Ihre Stimme verriet eine Mischung aus Entzücken und Entsetzen, die ihr Innerstes zerwühlte.

Sie hatte recht: Die Babys, inzwischen schon zwei Monate alt, die gezeigt wurden, wie sie gewindelt wurden oder die Brust erhielten, wie sie lachten oder in ihren Bettchen schliefen, waren wirklich bezaubernd. Und gleichzeitig war es geradezu gespenstisch, die absolute Ähnlichkeit, das wirklich identische Aussehen mit ihrem Junior im gleichen Alter zu sehen.

»Arthur, ich will nicht, daß die Kinder dort in diesem Sanatorium, oder was immer das sein mag, und bei fremden Menschen aufwachsen!« erklärte Caroline unter Tränen. »Das sind doch unsere Kinder! Ich liebe sie! Es sind unsere Kinder, und sie gehören zu uns!«

»Wir haben einen Vertrag, Liebes! Wir bekommen sie, wenn wir sie brauchen.«

»Ich brauche sie, merkst du das nicht? Ich brauche sie jetzt!« brach es aus ihr heraus.

»Caroline, Liebes! Es sind Kopien, Reproduktionen von Junior für den Fall, daß es Junior, ich meine, unserem richtigen Junior, einmal schlecht gehen sollte. Es sind identische Kopien, nicht Junior selbst! Versteh doch!«

»Richtig! Identische Kopien! I-den-tisch!« ließ Caroline sich trotz ihrer Hysterie auf seine Logik ein. »Also muß ich sie doch lieben, genau wie unseren Junior! Würde ich sie nicht lieben, bedeutete das doch in der Konsequenz, auch unseren Junior nicht mehr zu lieben. Denn schließlich sind sie, wie du selbst sagst, i-den-tisch!«

»Physisch identisch, Caroline, mehr nicht! Ich verstehe dich nicht, Liebes! Als wir den Vertrag mit der Cornwall-Organisation geschlossen haben, warst du mit allem einverstanden. Und er empfahl uns schon damals, an die Kopien nicht als Kinder zu denken, sondern als Reproduktionen, als etwas Technisches.«

Arthur versuchte, ruhig und überlegen zu wirken, obwohl auch ihn die Bilder emotional angegriffen hatten.

»Und welche Alternativen hatten wir, als seine Bedingungen anzunehmen?«

Caroline schluchzte verzweifelt auf.

»Das sind doch Gangster. Sie diktieren, was wir zu tun und zu lassen haben. Skrupellose Gangster! Cornwall! Der redete nur von Ersatzteillagern, aber siehst du denn nicht, daß das richtige Kinder sind, menschliche Wesen mit zarten, kleinen Seelen wie unser Junior! Sie sind nicht nur Haut und Augen, Herz, Nieren oder Lungen!«

»Du hast ja recht, Liebes«, lenkte Arthur ein. »Aber wir haben einen Vertrag, den Cornwall seinerseits bis auf den Punkt erfüllt. Wir kannten die Konditionen, haben sie akzeptiert und können sie jetzt nicht einseitig ändern.«

Seufzend setzte er hinzu: »Ich weiß ja nicht einmal, wie ich Cornwall erreichen könnte.«

»Bitte versteh mich doch!« flüsterte Caroline, und Arthur wußte, wie ernst es ihr war, wenn sie flüsterte. »Ich will die Kinder haben! Ich brauche sie. Und die Kinder brauchen uns!«

»Und ich weiß nicht, was ich tun kann, Liebes«, antwortete er voller Mitgefühl für seine Frau und voller Zorn über seine Ohnmacht.

Arthur hatte den Gedanken aufgegeben, das technische Problem mit den CD-ROMs über seine Entwicklungsabteilung zu lösen. Wenn die Cornwall-Organisation Zugang zu seiner geheimsten Technik hatte, dann stand sie entweder sehr eng mit einem Geheimdienst in Verbindung oder sie hatte selbst einen Spion in seiner Firma, obwohl er sich das nicht vorstellen konnte, wenn er die strikten Sicherheitseinrichtungen und die Personalkontrollen überdachte, die bei Denver Communications Worldwide angewendet wurden. Dennoch konnte er nicht sicher sein, daß die Organisation nichts davon erfahren würde, wenn er den Auftrag, unter welchem Vorwand auch immer, erteilen würde, die eigene Technik zu knacken.

Er arbeitete eine Zeitlang selbst daran, versuchte es zunächst über die Software und mußte schnell erkennen, daß er auf diesem Wege nicht weiterkommen würde. Auch die Cornwall-Organisation hatte offensichtlich Software-Ingenieure, die in der Lage waren, die Programme so zu manipulieren, daß sie resistent gegen seine Versuche waren, sie zu knacken, egal, was er sich einfallen ließe. Er hatte keine Ahnung und konnte es auch unmöglich herausfinden, welche Fallen in die Programme eingebaut waren. Im Moment des Ausprobierens vernichtete man das gesamte Programm, wenn auch nur die geringste Abweichung vom vorgegebenen Pfad auftrat. Das war ja gerade die einfache, aber kaum zu überwindende Sperre seines Systems. Das einzig Sichere war, daß die Videoaufnahmen auf den CD-ROMs echt waren. So perfekt konnte, nach seinem Kenntnisstand – und der war auf dem höchsten Niveau – keine virtuelle Welt sein.

Aber auch das Strahlenproblem war nicht ohne weiteres zu lösen, das wußte niemand besser als er selbst. Man müßte die Bleiglaswände zur Abschirmung so stark machen, daß ein Abfilmen schon allein dadurch praktisch unmöglich würde.

Arthur begann, ohne Caroline etwas davon zu verraten, sich Aufzeichnungen zu machen. Er notierte alles, was sie zu sehen bekamen, in eine perfekt gesicherte Datei seines Computers im Arbeitszimmer der Villa, den er als zusätzliche Sicherung vom Internet abgekoppelt hatte.

Er konzentrierte sich beim Betrachten der CD-ROMs der Organisation vor allem auf den Hintergrund der Bilder, denn er vermutete, daß er nur dort etwas Verräterisches entdecken würde, wenn es überhaupt etwas zu entdecken gab. Die Cornwall-Organisation konnte davon ausgehen, daß die Menschen, die die Kinder sahen, nur Augen dafür haben würden. Vielleicht führte das zu Schlampigkeiten bei der Wahl der Drehorte, aus der sich, nach und nach, Schlüsse ziehen ließen, wo sie zu finden seien.

Jede Kleinigkeit schien ihm wichtig, und er war darauf derart fixiert, daß Caroline ihn gelegentlich der Unaufmerksamkeit schalt, weil er nicht auf dasselbe reagierte wie sie.

Arthur suchte in den Lexika nach den Tieren und Pflanzen, die er glaubte, erkannt zu haben, und durchforschte sie wie auch das Internet nach Staaten, die als Sitz der Sanatorien in Frage kommen könnten. Es war klar, daß nur die Tropen in Frage kamen, und sehr bald war Arthur sich sicher, daß er in Lateinamerika weitersuchen mußte.

Einmal fiel ihm eine Frucht auf, die er noch nie zuvor gesehen hatte. Sie war ziemlich lange im Bild, ein ganzer Haufen davon in einem Korb, etwa zehn oder fünfzehn Zentimeter im Durchmesser, graugrün, herzförmig und merkwürdig geschuppt.

Er fand sie im Lexikon als Cherimoya, eine Frucht, die schon den Inkas bekannt und im nicht zu heißen Klima der nördlichen Andenstaaten zu finden war. Auch die Papageien-Heliconien in einer Vase deuteten auf Kolumbien, Venezuela oder Brasilien hin, ebenso wie die üppigen Hecken von Wandelblumen, die riesigen Tibouchine-Sträucher und die großen purpurvioletten Blüten eines Baumes, den Arthur als »Geflügelte Bauhinie« identifizierte, die hauptsächlich in Brasilien vorkam.

Prächtige Papageien und Tucane waren zu sehen, die offensichtlich als Haustiere gehalten wurden, rote Ibisse im Flug über den Bäumen ließen auf einen nahen Fluß schließen, einmal hörte man Affengeschnatter im Hintergrund, und ein anderes Mal gab es einen Zwischenschnitt auf ein anscheinend recht großes Gürteltier, das unter einem Strauch gemächlich nach Nahrung suchte.

Nach der sechsten CD-ROM konnte Arthur Brasilien mit ziemlicher Sicherheit von seiner Liste streichen, denn das, was er entdeckte, war entweder ein wirklich dicker Fehler der Cornwall-Organisation oder ein raffiniertes Ablenkungsmanöver. Er entschied sich für die erste Annahme, denn er gewann immer mehr den Eindruck, daß sich die Organisation absolut sicher fühlte und begann, wirklich leichtsinnig zu werden.

Pitchie Cornwall kam mit seinen üblichen, charmanten Anmerkungen, diesmal zum Thema »Gesundheitsfürsorge für Mutter und Reproduktion« in der medizinischen Abteilung durch eine weiße Schwingtür mit Milchglasscheiben, die einen Moment lang offen blieb, ehe sie sich wieder schloß. Eindeutig war im Halbdunkel des Ganges dahinter ein Hinweisschild zu erkennen, dessen grellroter Text Arthur sich bruchstückhaft sofort einprägte:

»En casos de emergencia como incendios empuje ...«

Das war kein Portugiesisch, das war Spanisch: In Notfällen wie Feuer drücken Sie ...

Also mit großer Sicherheit nicht Brasilien, aber doch eine ähnliche Flora und Fauna. Das »engte« den Raum auf Ostkolumbien, den äußersten Süden und Osten Venezuelas und mit Einschränkungen auf Nordostperu ein, ein riesiges Gebiet, in dem man vermutlich ein Leben lang vergeblich suchen könnte, aber doch eine winzige Hoffnung, ein Strohhalm.

Politisch gesehen kamen alle drei Staaten in Frage, wenn sie überhaupt Kenntnis von dem illegalen Projekt hatten, das sie beherbergten. Die Region war instabil, wie sie es immer gewesen war, Korruption bis in die höchsten Regierungskreise eine Selbstverständlichkeit.

Arthur sprach mit Caroline nicht über seine Notizen, die sich im Computer zu einem immer dichteren und trotzdem immer noch sehr vagen Bild verdichteten. Er wollte erst mit ihr reden, wenn es Konkretes zu sagen gab, um sie nicht noch mehr zu belasten.

Caroline war weiterhin die rührend um ihren Sohn besorgte Mutter, spielte stundenlang mit ihm, half ihm beim Sitzen und den ersten Schritten, machte Sprachübungen mit ihm und konnte durchaus fröhlich und unbeschwert wirken. War der kleine Junior aber im Bett, so daß sie nicht um ihn sein konnte wie eine Glucke um ihr Küken, saß Caroline oft schweigend herum und starrte blicklos auf die nahen Rockies. Manchmal rannen ihr dabei Tränen über das Gesicht, die sie scheinbar selbst nicht bemerkte und die Arthur stumm anklagten. Andere Male stritt sie heftig mit Arthur, zieh ihn der Untätigkeit, der Herzlosigkeit und Gefühlskälte und gebärdete sich wie eine Löwenmutter, die um ihre Jungen kämpft.

Carolines Vorwürfe trafen ihn. Er gefühlskalt, abgebrüht? Im Geschäftsbereich mochte das zutreffen, dort war es notwendig und angebracht. Aber in privaten Dingen? Hatte er nicht immer alles getan, Caroline zufriedenzustellen, sie glücklich zu machen? War es nicht gerade seine Liebe zu ihr gewesen, die sie dazu gebracht hatten, sich mit dieser Cornwall-Organisation einzulassen?

Arthur wußte, wenn Junior etwas zustieße, ihm etwas wirklich Schlimmes passierte, würde Caroline das nicht überleben. Sie definierte sich praktisch nur über Junior, über ihr Kind, ein typisches Erbe einer Frau aus kleinbürgerlichen Verhältnissen des Mittelwestens. Andere Interessen hatte sie im wirklichen Sinne des Wortes nie gehabt, und nun war es erst recht so. Angesichts dieser Fakten war die Cornwall-Organisation nicht nur eine willkommene, sondern die einzige Option gewesen, ihre Ängste zu mildern.

Arthur verstand Caroline: Die Babys waren wirklich zum Verlieben! Natürlich! Aber es Caroline gegenüber zuzugeben, daß es ihm ebenso erging wie ihr, daß er die Kleinen genauso als seine Juniors empfand, hätte ihr nicht geholfen.

Im Gegenteil: Ihre Verzweiflung wäre jetzt sicher noch größer, als sie es ohnehin schon war.

»Nun rück schon raus damit!« brummte Howard Stevens nach dem zweiten Whisky. »Was ist los, Captain?«

Die kleine Atlantic-Bar in der 14. Straße, gleich um die Ecke vom berühmten Touristenmagnet Larimer Square in Denvers Altstadt, war um diese frühe Stunde des Freitagabends noch nicht sonderlich gefüllt. Die beiden Freunde aus College- und Armeezeiten hatten sich in die Nische zurückgezogen, die sie immer für das benutzten, was sie ihre Herrenabende nannten, die in Wahrheit aber nur mehr oder weniger harmlose Besäufnisse in unregelmäßigen Abständen waren, bei denen höchstens Sargent Mitchell Walker mal einen schlüpfrigen Witz zum Besten gab. Corporal Barry Limes und Cliff Cassidy, der ehemalige Luftwaffenpilot, waren dagegen ruhige und nur selten zu billigen Scherzen aufgelegte Typen.

Heute saßen nur Arthur und Howie in der mit dunkelrotem Leder gepolsterten Ecke, die von anderen Gästen nicht eingesehen werden konnte und über eine Klingel verfügte, mit der man die pummelige Kellnerin rufen konnte.

»Es fällt mir nicht ganz leicht, darüber zu sprechen«, begann Arthur zögernd. »Es könnte sein, daß ich dich in etwas hineinziehe...«

»Du darfst mich in alles reinziehen, Captain«, raunzte Howie betont lässig. »Spätestens seit unserem kleinen Trip nach Grenada damals...«

»Ich weiß, ich weiß!« unterbrach ihn Arthur hastig. »Nicht der Rede wert.«

»Nein, laß mal!« beharrte Howie. »Ich kann das nicht vergessen. Schließlich säße ich heute nicht hier, wenn du an dieser verdammten Landebahn auf dieser verdammten Insel diesen verdammten Bishop-Mann oder Kubaner, oder was immer dieser Sauhund von einem verdammten Kommunist war, nicht...«

»Vergiß es, Howie! Das ist Schnee von gestern!«

»Okay, Captain, wie du willst«, brummte Howard Stevens. »Aber du gestattest, daß ich das anders sehe. Und nun komm endlich zum Neuschnee!«

»Du erinnerst dich an den kleinen, äh, Unfall, kurz bevor Junior geboren wurde.«

Arthur Powell lehnte sich zurück und ließ den Whisky im Glas kreisen, ohne ihn aus dem Auge zu lassen.

»Selbstverständlich! Ich könnte den General heute noch umbringen!«

»Das würde nichts ändern, Champ. Die Verstrahlung bleibt.«

Howard Stevens kniff die Augen zusammen.

»Willst du etwa sagen, daß du Krebs hast?«

Arthur lachte halbherzig auf: »Nein, nein. Ich bin gesund. Sagt jedenfalls der Arzt.«

Er beugte sich vor und stützte die Ellenbogen auf die Tischplatte, ohne das Kreisen seines Whiskys aus dem Blick zu verlieren.

»Du hast mich damals mit einem Mann bekannt gemacht, der sich Cornwall nennt. Erinnerst du dich?«

»Cornwall ...«, murmelte Howie überlegend. »Richtig, Pitchie Cornwall. Habe ihn seitdem nicht wiedergesehen. Kannte ihn übrigens auch nicht gut, von irgendeiner Party, schätze ich. Ist er nicht im Management von irgendeinem Pharmakonzern oder so was in der Art?«

Arthur nickte und nahm einen kräftigen Schluck aus seinem Glas. Howie rückte näher an Arthur heran.

»Was ist mit ihm?«

Während Arthur seinem Freund und Armeekameraden Stück für Stück die ganze Geschichte erzählte, heulte im Hintergrund ein Saxophon auf. Die kleine Bluesband begann ihr allabendliches Programm wehmütiger Songs der dreißiger und vierziger Jahre, das die Bar berühmt gemacht hatte.

Als Arthur und Howie, der Captain und der Champ, sich tief in der Nacht und leicht angetrunken auf den Heimweg machten, wußten sie, was zu tun war.

Ungefähr jedenfalls.

Julio-Junior war das entzückendste Baby der Welt.

Nie im Leben hätte María gedacht, mit welcher Liebe sie mit diesem kleinen Wesen verbunden sein würde, das sie mit großen blauen Augen vertrauensvoll anschaute und schon bald nach der Geburt begann, den Mund zu einem freudigen Lächeln zu verziehen, wenn sie sich ihm näherte.

Julio hatte rote Haare, als er geboren wurde, später wuchsen dunkelbraune nach. Er lachte viel und gern, schrie, wenn es ihm nötig schien, und war leicht wieder zu beruhigen, wenn er bekam, was er brauchte, und das war oft einfach nur der Anblick seiner Mutter.

Einige Wochen lang beschäftigte María sich Tag und Nacht nur noch mit Julio. Sie liebte das Gefühl, das sein kleiner, schmatzender Mund an ihrer Brust hervorrief, sie bewunderte die Zartheit seiner Haut und die Zerbrechlichkeit der winzigen Finger, die mit solch erstaunlicher Kraft zupacken konnten.

Ramón grinste verlegen, als sie ihm Julio zeigte und der Kleine bei seinem Anblick zu schreien begann. Aber dann steckte er den Arm durch den Zaun, strich dem Kind mit der Hand über den Kopf und ließ sie kurz auf seinem Gesicht liegen. Julio hörte auf zu weinen.

»Jetzt hat er meinen Geruch«, erklärte Ramón schlicht. »Nun weiß er, daß ich zu ihm gehöre.«

»Du bist ein Indio!« stellte María verblüfft fest. »Nicht wahr, du bist ein Indio, Ramón?«

Ramón zog seinen Arm hinter den Zaun zurück.

»Und wenn?« gab er verstockt und schroff zurück. »Ich lebe wie ein Weißer!«

María schüttelte den Kopf.

»Entschuldige, du verstehst mich falsch. Ich meine das nicht abwertend, ganz im Gegenteil.«

Sie hatten nie darüber gesprochen, nachdem Ramón seine Abneigung gegenüber den Indios gezeigt hatte. Jetzt erzählte María von ihrer Bekanntschaft mit einem alten Indio aus der Gegend von Matagalpa im Norden Nicaraguas und von der tiefen Weisheit, die aus den alten Überlieferungen sprach, die der alte Mann über die Zeit der Somoza-Diktatur gerettet und an seine Kinder und Enkel weitergegeben hatte. Und sie erzählte von den Curanderos überall in ihrer Heimat, die die Heilkräuter gegen alle möglichen Krankheiten und ihre Anwendung kannten.

»Ich wünschte, ich hätte mehr Indioblut!« seufzte sie. »Ich will mich nämlich auf Naturmedizin spezialisieren. Das heißt, ich wollte es ...«

»Mein Großvater und mein Vater sind Curanderos!« erklärte Ramón mit einem Anflug von Stolz, um dann kleinlaut hinzuzufügen: »Aber ich verstehe kaum etwas davon, ich mochte nicht. Ich wollte immer wie die Weißen leben.«

»Stammst du aus dieser Gegend?« fragte María mit einer vagen Geste in die Runde. Ramón schüttelte heftig den Kopf.

»Sehe ich aus wie ein Yanomami? Nein, ich komme von weit her, aus der Gran Sabana im Westen. Es ist sehr schön dort. Ein bißchen wie hier.«

Sie saßen an diesem Nachmittag noch so lange, wie es Ramóns Dienstplan erlaubte, ohne daß er auffiel. Zum ersten Mal erzählte er mehr über sich, stockend zwar und unzusammenhängend, aber doch mehr, als er es je zuvor getan hatte. Vielleicht sah er in María nun nicht mehr die unerreichbare, gebildete Weiße, sondern mehr die Freundin, die sich auf eine Stufe mit ihm gestellt hatte.

Ramón war in einem Indiodorf aufgewachsen, halbnackt, wie er sagte, ohne eine andere Schule als das, was die Erwachsenen vorlebten. Als er vier oder fünf Jahre alt war, sah er die ersten Weißen, und er bewunderte sie wegen ihrer Kleidung, wegen ihrer glänzenden Fotoapparate und ihrem selbstsicheren Auftreten.

»Heute kommen die Weißen in Massen«, lächelte Ramón melancholisch. »Meine Leute sind eine Touristenattraktion. So will ich nicht leben.«

Als er zwölf war, ging er mit seinem Vater zum ersten Mal in die »Stadt«, ein kleines Nest namens Apapurén am Oberlauf des Río Carani. Dort gefiel es ihm so gut, daß er bald nach der Rückkehr in sein Dorf von zu Hause fortlief und sich in Apapurén mit Hilfsarbeiten durchschlug.

»Es gibt da ein Kino, Kneipen mit Billard, Bier, Mädchen ...«, sagte er verlegen. »Und die Arbeit ist leicht, wenn man einigermaßen geschickt ist.«

Vor einem Jahr war er dann von dieser Wachfirma angeheuert worden. Ob er Lust hätte, viel Geld zu verdienen? Ob er den Mund halten könne? Nein, nichts Kriminelles!

Natürlich hatte er ja gesagt. Auch eine Waffe zu bekommen und zu lernen, wie man damit umgeht, hatte ihn gereizt.

»Jetzt kann ich es. Jetzt habe ich Geld. Aber jetzt hocke ich hier, und das Geld nützt mir nichts, erst, wenn ich wieder in Apapurén bin.«

Ramón hielt den Kopf gesenkt und wagte nicht, María anzublicken.

»Ich habe nicht gewußt, was das hier für eine Arbeit ist«, gestand er. »Und ich habe nie nachgefragt, was das hier für Lager sind. Frag mich bitte nicht, warum. Erst durch dich habe ich angefangen, ein bißchen zu begreifen.«

Ramón knickte resigniert einen Zweig, mit dem er spielte.

»Der Vertrag geht noch zwei Jahre. Zwei Jahre!« seufzte er. »Hast du bemerkt, daß ich der einzige Indio hier bin? Alle anderen sind weiß oder Mestizen. Die bleiben lieber unter sich. Ich kann mit niemandem reden. Nur mit dir.«

María schob ihren Arm durch den Zaun. Zum ersten Mal berührte sie Ramón mit einer zärtlichen Geste am Arm.

Ramón schaute nicht auf.

Dr. Pamela Barrings lächelte, wann immer sie María mit dem kleinen Junior sah. Die junge Frau hatte sich völlig verändert und ihre oppositionelle Haltung weitgehend aufgegeben. Sie kam gelegentlich sogar freiwillig zu ihr, um ein wenig zu plaudern, wenn sie ihre Sprechstunden beendet hatte. Pamela hatte ihre Freude an den Streitgesprächen, auch oder gerade weil María sehr starrköpfig sein konnte

»Ich weiß ja nicht einmal, wo wir hier eigentlich sind«, begann María eines Tages in betont harmlosem Ton. »Großes Indianergeheimnis, wie?«

Pamela lachte und versuchte wieder einmal vergeblich, ihre Papiere auf dem Schreibtisch in eine überschaubare Ordnung zu bringen.

»Aber soviel sieht man ja: mitten im Dschungel«, fuhr María unbeirrt fort und schupfte Julio, den sie in Pamelas Gegenwart, wie überhaupt in Anwesenheit von anderen

Menschen außer Ramón, sorglich mit »Junior« ansprach, rhythmisch auf und ab.

»Warum gerade hier? Am Ende der Welt?«

Wieder lachte Pamela Barrings kurz auf.

»So fragt man Leute aus, was, María?«

»Ach, wo denken Sie hin!« lachte María zurück. »Aber es ist schon komisch, wenn man nicht weiß, wo man ist.«

»Im Dschungel, das sagten Sie ja schon.«

»Also gut! Sie brauchen mir ja nicht zu sagen, wo genau wir sind, aber mich würde schon interessieren, warum hier, am Ende der Welt«, beharrte María und setzte Julio auf ihren Schoß.

»Ach, María!«

Die blonde Pamela schob diverse Stapel unterschiedlicher Papiere und Akten säuberlich an den Rand ihres Schreibtischs und setzte sich in ihren bequemen Drehstuhl.

»Einmal abgesehen davon, daß unser Projekt einer gewissen Diskretion bedarf: Sie wissen, daß der Dschungel noch immer recht unerforscht ist und zahllose Geheimnisse birgt. Niemand kann sagen, wieviele unbekannte Arten, Pflanzen wie Tiere, es hier gibt.«

»Die Indios kennen sich aus.«

»Richtig. Obwohl auch sie nicht alle Arten kennen.«

»Aber eine Menge und die wichtigsten: die Heilkräuter. In Nicaragua haben wir viele Naturheiler, aber ihr Wissen wird nicht besonders geachtet. Eben deshalb will ich mich ja in dieser Richtung spezialisieren.«

Dr. Barrings schüttelte den Kopf.

»Das ehrt Sie. Aber was Sie sagen, ist so nicht richtig. Die Naturheiler kennen eine Menge Hilfsmittel gegen alle möglichen Alltagskrankheiten vom Kopfschmerz bis zum Magengeschwür, vom kleinen Wehwehchen bis hin zur Epilepsie. Ganz erstaunlich! Und wir lernen auch von ihnen, sofern sie kooperieren, was sie leider nicht immer tun.«

»Wundert es Sie, daß sie immer mehr an Vertrauen verlieren? Seit fünfhundert Jahren wird den Indios das Blau vom

Himmel versprochen, ohne daß auch nur das geringste dieser Versprechen eingelöst wurde. Im Gegenteil!«

»Oh, Verzeihung, ich wußte nicht, daß Sie derart engagiert sind. Aber ich stimme Ihnen durchaus zu. Man behandelt sie nicht korrekt.«

Pamela Barrings verscheuchte ein Seidenäffchen von der Fensterbank, das mit leisem Schnattern hereingeschaut hatte.

»Wir nehmen sie sehr ernst, glauben Sie mir. Sie stellen schließlich eine Art dar, die vom Aussterben bedroht ist. Ihre Gene zu erhalten, ist eine wichtige Aufgabe.«

»Sie sprechen von den Indios, als seien sie eine besondere Art Vogelspinne oder Pfeilgiftfrosch, die auf der Roten Liste stehen!«

Wieder schüttelte Pamela lachend den Kopf.

»Wissenschaftlich betrachtet ist es auch so. Ich habe Ihnen schon einmal gesagt, daß wir Menschen nichts besonderes sind, eine Art unter Millionen anderen, mehr nicht. Ein bißchen komplizierter gebaut, aber nicht unbedingt besser.«

Sie sah zum Fenster hinaus.

»Irgendwo dort draußen, in irgendeiner dieser zahllosen Pflanzen, in irgendeinem dieser Millionen Tiere, in einem Insekt vielleicht, das wir noch nicht kennen, steckt möglicherweise der Schlüssel zur Bekämpfung so mancher Krankheit, die heute noch als unheilbar gilt.«

Sie wandte sich wieder María zu.

»Und sehen Sie, das schaffen die Naturheiler nicht. Da müssen wir Genetiker ran, wir Molekularbiologen, um den Geheimnissen auf die Spur zu kommen. Und wir haben schon viel erreicht!«

María sah sie aufmerksam an, während ihre Hände mechanisch mit Julios winzigen Händchen spielten.

»Sie wissen vielleicht, daß heute schon viele Bypassoperationen unnötig geworden sind, weil wir in der Lage sind, Proteine zu spritzen, die neue Adern wachsen lassen. Wir haben Experimente mit Mäusen gemacht, die diese Proteine in ihrer Milch produzierten, aber Mäuse geben zu wenig

Milch, als daß eine industrielle Ausbeutung möglich wäre. Das wurde erst möglich durch die Manipulation von Schafseuterzellen und die Klonierung der so konditionierten Schafe, die nun dieses Protein bilden. Eine Revolution!«

Pamela Barrings drehte sich in ihrem Sessel zufrieden hin und her.

»Wir sind vielen Erbkrankheiten auf der Spur, Krebs, Mongolismus, Mukoviszidose ... Wir identifizieren die verantwortlichen Gene und schaffen so die Grundlage nicht nur für eine Behandlung, sondern für eine Vermeidung dieser entsetzlichen Krankheiten überhaupt!«

»Aber Sie sind nicht in der Lage zu verhindern, daß Menschen an Masern sterben oder schlicht und einfach verhungern!«

»Medizinisch sind Masern überhaupt kein Problem. Auch darüber haben wir schon einmal gesprochen!« widersprach Pamela heftig.

»Und gegen den Hunger, das will ich Ihnen einmal sagen, kämpft niemand so effektiv wie wir«, fuhr sie in ihrem Vortragston fort. »Sehen Sie, es gibt zum Beispiel über zehntausend Reissorten, die über Jahrtausende durch Kreuzung verschiedener Arten gezüchtet wurden, übrigens eine Art der Veränderung von Erbinformation, die auch bei denen, die gegen uns sind, außer der Kritik steht. Aber keine dieser zehntausend Reissorten ist so ertragreich und widerstandsfähig gegen Krankheiten und Wettereinflüsse wie die, die aus unseren Labors stammen. Wir haben Tomaten geschaffen, die unempfindlich gegen Frost oder Fäulnis sind.«

»Aber die genmanipulierten Kartoffeln mußten Sie wieder vom Markt nehmen«, wandte María rasch ein, »weil die Versuchstiere im Langzeittest furchtbare Veränderungen an ihren inneren Organen erlitten!«

»Selbstverständlich gibt es in der Forschung immer wieder mal Rückschläge!« gab Pamela zu. »Aber nehmen Sie unsere neuen Maissorten, die gegen alles Ungeziefer und gegen die üblichen Pflanzengifte resistent sind. Die haben sich doch auch in den Ländern wie Nicaragua durchgesetzt.«

»Und ruinieren unsere kleinen Bauern! Sie können, wenn sie diesen Mais verwenden, – und inzwischen gibt es durch den Pollenflug des Genmaises praktisch nur noch diesen – nur mit ganz bestimmten Pflanzengiften arbeiten. Und die haben die Hersteller, die zufällig auch das Patent auf den Genmais besitzen, so teuer gemacht, daß nur die Großgrundbesitzer sie sich leisten können! Das ist nicht gerecht, und das widerspricht dem Gesetz von der Gleichheit aller Menschen!«

Pamela Barrings wurde rot im Gesicht. María wußte nicht, ob es vor Scham oder aus Zorn war, oder eine Mischung von beidem.

»María, es liegt nicht immer in unseren Händen, wie unsere Schöpfungen eingesetzt werden. Da mag es Ungerechtigkeiten geben. Aber ich denke, insgesamt wiegen die Vorteile, diese unschätzbaren, lebensrettenden und lebensverlängernden Erkenntnisse, die wir aus unserer Forschung ziehen, die gelegentlich auftretenden Nachteile auf.«

María hob Julio auf ihren Arm und schüttelte den Kopf.

»Ihre Forschungen nützen nur den reichen Leuten. Deren Leben retten oder verlängern Sie. Die armen sterben weiter an Masern und Hunger.«

Sie hob Julio mit ausgestreckten Armen in die Höhe.

»Sehen Sie, dieser kleine Bursche wurde sicher nicht von einem Slum in Managua aus in Auftrag gegeben«, sagte sie bewußt leichthin.

»Damit haben Sie recht«, antwortete Pamela. »Aber mit dem Geld, das wir auf diese, wie Sie sagen würden, unmoralische Weise einnehmen, finanzieren wir die Grundlagenforschungen, die dann vielen, wenn auch vielleicht nicht allen Menschen zugute kommen. Seit dieser unverständlichen, kurzsichtigen Ächtung der Genforschung haben wir einfach keine legalen Möglichkeiten mehr, uns mit dem wichtigsten zu beschäftigen: mit dem Menschen selbst!«

María holte Junior auf ihren Schoß zurück.

»Wie meinen Sie das?«

»Es sind längst noch nicht alle unsere Gene entschlüsselt. Wir haben noch immer keine Ahnung, welches Gen oder welche Genkombination zum Beispiel für Intelligenz, für kreatives Denken zuständig ist. Das wäre doch aber sehr wichtig zu wissen, nicht wahr!«

Pamelas Stimme hatte einen schwärmerischen, triumphierenden Klang angenommen.

»Unausdenklich, welche Möglichkeiten uns dann offenstünden!«

María verließ sie in ihrer euphorischen Stimmung, da zum Abendessen geläutet wurde. Sie sann noch lange darüber nach, was sie spontan gedacht, aber nicht ausgesprochen hatte.

Pamela war einfach blind, blind für die negativen Konsequenzen ihrer Arbeit. Sie sah nur das vermeintlich Positive. Sie hatte keine Ahnung, was sie mit ihrem Forscherdrang anrichtete, wollte es anscheinend nicht wissen. »Das liegt außerhalb meiner Kompetenz, das entscheiden die Politiker«, waren ihre ständigen Ausreden auf Marias Vorhaltungen. Im Klartext hieß das: »Was getan werden kann, wird gemacht, egal, welche Auswirkungen es haben wird.«

Man stelle sich vor, dachte María, die Gene der Menschen seien vollständig entschlüsselt:

Ihr Sohn möchte Philosophie studieren? Bei diesem schwach ausgeprägten Intelligenzgen? Vergessen Sie es!

So, Sie wollen also den Job als Maschinist? Ihr Genpaß zeigt aber, daß Sie nicht sonderlich belastbar sind und eine Anlage für Magenkrebs haben!

Sie wollen meine Tochter heiraten? Reden Sie mir nicht von Liebe, schweigen Sie vom Vermögen Ihrer Eltern und Ihren beruflichen Aussichten! Zeigen Sie mir lieber Ihren Auszug aus der Gendatei!

Es war sicher klug, dachte María, daß sie diese polemischen Gegenargumente unterdrückt hatte. So konnte sie die scheinbare Freundschaft zu Pamela aufrechterhalten.

Außerdem war es ihr bei diesem kurzen Besuch gelungen, wieder etwas mitgehen zu lassen.

Diesmal war es eine Schachtel Aspirin, die sie in ihr Versteck unter der großen Bambusstaude tragen konnte. Zufrieden betrachtete sie ihre Schätze: der Notizblock mit dem Kugelschreiber, eine lange Schnur, vier Schachteln Streichhölzer, eine Packung mit Kohletabletten gegen Durchfall und eine mit Antibiotika.

Beinahe hätte sie sogar einmal eine Packung Lariam zur Behandlung von Malaria erwischt. Aber das würde sie auch noch schaffen. Und sie würde noch einiges mehr brauchen: Seren gegen Schlangengifte, Verbandsmaterial, ein Messer, eine Schere.

Es gab hier schließlich alles, und was sie nicht organisieren konnte, würde Ramón beschaffen.

»Und Du bist wirklich einverstanden, Liebes?«

»Ja, Arthur, ja!« flüsterte Caroline. »Alles ist besser, als dieses verdammte Nichtstun.«

Die Powells hatten am Ende ihres ersten für die Cornwall-Organisation produzierten Videos von Junior gefragt, ob es irgendeine Möglichkeit gebe, die Reproduktionen bei ihnen selbst, statt in den Camps aufwachsen zu lassen.

Arthur würde die Firma verkaufen, sie würden ihren Namen ändern, sie könnten sich auf eine einsame Ranch zurückziehen, in Australien vielleicht, sie könnte die Jungen auf getrennte Schulen schicken, damit sich niemand über die Vierlinge wunderte, und sie könnten eine Abfindung zahlen, deren Höhe Cornwall selbst bestimmen dürfte.

Ihr Band zeigte den schon deutlich gewachsenen Junior beim Spiel mit Caroline. Mit erstaunlichem Geschick setzte der Junge die richtigen Teile in aus einer knallroten Tafel gestanzte Löcher, baute kleine, wackelige Türme mit seinen bunten Holzklötzchen und ordnete verschieden große, quadratische Holzplatten auf einer Holzstange sicher zu einer Pyramide. Wenn er seine Aufgabe gelöst hatte, klatschte er vor Freude in die dicken Hände und lachte über das ganze Gesicht, so daß man sein schon vollständiges Gebiß aufblitzen sah. Arthur filmte ihn auch im Pool, denn sie hatten schon im Alter von zwölf Wochen begonnen, mit ihm im warmen Wasser zu schwimmen und zu tauchen, um, wie die Ärzte angeraten hatten, seine Lungen und seine Muskulatur zu stärken. Junior war ein begeisterter und ausdauernder Schwimmer. Caroline hatte ihn zusammen mit Arthur bei wilden Balgereien aufgenommen, die selten den Vater als Sieger sahen.

Und am Ende des Bandes hatten sie ihre Frage gestellt. Gemeinsam vor dem Kamin sitzend, in dem ein anheimelndes Feuer flackerte, sich bei der Hand haltend und mit einem Glas Wein vor sich, stellten sie ihre Frage. Arthur hatte die Aufnahme dreimal wiederholt, bis er zufrieden war. Es mußte charmant wirken, harmlos. Auf keinen Fall durfte Cornwall daraus ableiten, daß sie entschlossen waren, um ihre drei Söhne zu kämpfen.

Arthur war dazu entschlossen, fest entschlossen. Er mußte es tun, um Caroline nicht zu gefährden, die wieder regelmäßig zu ihrem Psychotherapeuten ging, um ihn anzuschweigen und letztlich lediglich ihre Pillen mitzunehmen. Er mußte kämpfen, auch, um sich ihre Liebe zu erhalten. Es gab keinen anderen Ausweg.

Deshalb hatte er seine Aufzeichnungen begonnen, deshalb hatte er mit Howie gesprochen. Und nun hatte er Caroline eingeweiht, sicher, daß sie zustimmen würde, nachdem mit der nächsten CD-ROM ein striktes Nein von Cornwall gekommen war.

»Sie wissen sehr gut, Arthur und Caroline, daß es unmöglich ist. Wie wollen Sie Ihrer Nachbarschaft, Ihren Freunden und Bekannten das erklären? Selbst, wenn Sie sich zeitweilig an den Südpol zurückzögen, irgendwann würden die Vierlinge auffallen. Ich weiß, es ist in gewisser Hinsicht hart, aber ich weiß auch, daß Sie verstehen, daß wir unsere Geschäftsbedingungen nicht aus Jux so gestaltet haben, wie Sie sie akzeptiert haben. Gott segne sie.«

Caroline hatte es ohne emotionalen Ausbruch aufgenommen. Aber sie zog sich noch weiter in ihre eigene Welt zurück, die Arthur unzugänglich blieb.

»Alles ist besser als dieses Nichtstun!« wiederholte Caroline leise und bestimmt.

Arthur schloß sie in seine Arme. Sie stand starr und stumm und schmiegte sich nicht wie sonst an ihn. Dann löste sie sich langsam und entschlossen von ihm.

»Ruf sie an!« flüsterte sie. »Sie sollen noch heute abend kommen. Sie sollen die neue CD sehen.«

Die Freunde kamen um sieben Uhr abends, als Caroline dabei war, Junior zu Bett zu bringen. Sie ließen es sich nicht nehmen, den Jungen anzuschauen und ihm ein paar Grimassen zu schneiden, die ihn zum Lachen bringen sollten. Junior ignorierte die albernen Männer. Wenn er in sein kuscheliges Bettchen gebracht wurde, hatte er nur Augen für seine Mutter. Nicht einmal Arthur hatte dann eine Chance.

Die Männer setzten sich im Wohnzimmer um den großen Eßtisch und warteten auf Caroline. Es herrschte eine nervöse Spannung, denn Barry, Mitchell und Cliff hatten keine Ahnung, worum es bei dieser Zusammenkunft gehen sollte. Kein Geburtstag, kein erkennbarer Anlaß. Arthur hatte sie in all den Jahren höchstens zwei- oder dreimal zu sich eingeladen. Wenn sie sich trafen, dann in der Atlantic-Bar, bei einem Barbecue in den Rockies oder zum Fischen an einem der nahen Seen, fast nie jedoch in der Privatsphäre eines der Freunde.

Niemand, außer Howie, seinem besten Freund und seiner rechten Hand bei allen militärischen Einsätzen, wußte, worum es bei diesem ungewöhnlichen Treffen gehen würde. Es kam kein Gespräch auf, während Arthur den Computertisch näherrollte und das Gerät anschloß. Neugierig sahen die Freunde Arthur zu.

»Scheint eine Verkaufsshow zu werden!« grinste Mitch, der Spaßvogel und mit zweiunddreißig Jahren der jüngste unter den Freunden.

Er war der Waffenspezialist jener inoffiziellen Spezialeinheit der Army, die Arthur Powell bis zu seinem Unfall geleitet hatte. Die Powell-Truppe hatte es offiziell nie gegeben, jeder ging seinerzeit im Alltag einem zivilen Beruf nach. Ihr Aufgabengebiet war vielfältig gewesen: verdeckte Operationen in mißliebigen Staaten, Terrorismus- und Aufstandsbekämpfung, Waffen- und Sprengstoffschmuggel für befreundete Guerillas, alles eben, was irgendwo in der Welt politisch notwendig war, die Army aber nicht erledigen konnte.

»Halt's Maul!« knurrte Barry Limes, dem in der vornehmen Umgebung mehr als unbehaglich war. Der alte Barry sah mit seinem kurzgeschorenen Schädel so vierschrötig aus, wie man sich einen Panzerknacker vorstellte. Dabei war er gutmütig wie ein Bernhardiner, wenn man ihn nicht in seiner Arbeit störte. Er war der beste Fälscher von Dokumenten aller Art und ein Genie im Bau von Bomben aus den harmlosesten Materialien.

Cliff Cassidy lümmelte lässig auf seinem Stuhl, und nur das hektische Bearbeiten seines Kaugummis mit den kräftigen Kiefern ließ seine Nervosität erkennen. Er trug seine unvermeidliche Pilotenjacke, als sei die Einheit nicht längst aufgelöst und als warte er jede Minute auf den nächsten Einsatzbefehl.

Mitchell Walker, der beste Scharfschütze, den die Armee je erlebt hatte, nicht nur mit diversen Gewehren oder Bazookas, sondern auch mit so exotischen Waffen wie Armbrust, Bogen und Blasrohr, mixte an der Bar einige Drinks zusammen. Er kannte die Vorlieben der Kameraden und stellte jedem sein spezielles Glas vor die Nase.

Caroline kam aus dem oberen Stockwerk, setzte sich stumm auf den freien Platz und nickte Arthur, sehr spitz um die Nase, zu.

»Okay, Freunde, seid ihr bereit?«

Sofort setzten sich alle in eine aufmerksame Haltung auf, ein pawlowscher Reflex, denn so hatte er sie immer angeredet, wenn sie früher zu einem neuen Auftrag zusammengerufen worden waren. Sie nickten und murmelten: »Ay, Sir! Bereit.«

»Ich weiß, ich muß es euch nicht extra sagen, aber dennoch: über das, was ihr heute zu sehen und zu hören bekommt, muß absolutes Stillschweigen bewahrt werden. Ich vertraue euch.«

Die Freunde sahen ihn ohne weitere Reaktion aufmerksam an.

Arthur erklärte mit militärisch knappen Worten, die Caroline bei ihm gar nicht kannte, was ihre Situation war. Caroline verzog keine Miene, aber sie mußte die Zähne fest aufeinanderpressen, um nicht loszuheulen. Arthur schob eine CD-ROM in den Computer und rief seine Datei auf, die er über die Cornwall-Organisation zusammengetragen hatte. Mit großer Sachlichkeit referierte er seine spärlichen Erkenntnisse.

»Was ich am meisten bedauere, ist, daß meine Sicherheitstechnik perfekt arbeitet. Ich selbst habe kein Mittel, sie zu knacken«, sagte er abschließend.

»War ja wohl auch nicht anders geplant, nicht?« konnte Mitchell Walker ein Grinsen nicht unterdrücken.

Arthur überhörte den Einwurf. Er stand auf und sah die alten Kameraden mit großem Ernst an.

»Wir müssen die Kinder da rausholen. Wir brauchen sie.«

Howard Stevens nahm einen kräftigen Schluck Cuba libre. Er sah die anderen an. In ihren Augen glomm das Feuer, das er zu sehen gehofft hatte. Es war dasselbe wie früher. Alle waren, ohne jede weitere Frage, bereit, ihren ehemaligen Chef, ihren Captain, bedingungslos zu unterstützen.

Barry Limes hob seinen kantigen Kopf.

»Es wäre gut, mehr über die Organisation zu wissen. Wer ist das? Mafia?«

Arthur zuckte die Achseln.

»Ich weiß es nicht. Ich weiß nur, daß sie beinahe perfekt arbeitet.«

»Klingt mir mehr nach unseren Freunden von der CIA«, meinte Howie lakonisch. »Die brauchen immer Geld. Denkt an Chile 1973, denkt an El Salvador in den Achtzigern, an die Iran-Contra-Affäre, den Dauerbrenner Cuba und nicht zuletzt an Grenada.«

»Ich denke nicht, daß es so erheblich ist, mit wem wir es zu tun haben«, warf Mitch Walker ein. »Wichtiger wäre es mir zu erfahren, wo die Lager sind, wie sie gesichert sind und so weiter.«

»Richtig«, stimmte Arthur zu. »Die Anlagen sind unser einziger Anhaltspunkt. Wie gesagt, man kann das Gebiet auf Ostkolumbien und Süd- beziehungsweise Ostvenezuela einengen, eventuell noch Nordostperu.«

Er rief auf dem Computer eine Karte auf. Der Ausschnitt reichte von den peruanischen und kolumbianischen Ostanden bis zum Atlantik, wo der Orinoco ein riesiges Delta nördlich einer Hochebene bildete.

»Der wichtigste Hinweis bisher, hast du gesagt, ist diese ulkige Frucht, wie heißt sie noch?« fragte Barry Limes nach.

»Cherimoya, Annona reticulata mit wissenschaftlichem Namen. Sie kommt in allen diesen Ländern vor«, antwortete Arthur.

»Sie braucht, hast du gesagt, eine gewisse Höhenlage und nicht die ganz große tropische Hitze«, rekapitulierte Howie.

»Stimmt. Über achthundert Meter.«

»Die anderen Pflanzen, die du identifizieren konntest, und die Tiere, von denen du erzählt hast, deuten auf feuchtwarmes Klima hin.«

Howard Stevens erhob sich und deutete mit seinem Zeigefinger auf den Monitor.

»Schaut her: das Dreiländereck Brasilien, Peru, Kolumbien. Der Amazonas. Alles flach und bretteben!«

Die Freunde nickten und starrten gebannt auf den Bildschirm, wo Howies Finger über die grünen, von blauen Flüssen durchzogenen Flächen ein Stück nach oben wanderte.

»Vergrößere bitte diesen Ausschnitt«, bat er und ließ den Finger kreisen.

Arthur ließ die Maus einige Male klicken, bis der Ausschnitt den schmalen, nach rechts unten weisenden Finger zeigte, der die Grenzen Kolumbiens und Venezuelas mit der von Brasilien bildete.

»Sieht aus wie ein verdammter hängender Schwanz, mit allem Drum und Dran!« lachte Mitch unterdrückt und handelte sich einen Ellenbogenknuff von Howie ein.

Caroline beugte sich näher an den Monitor, ohne auf die ordinäre, aber durchaus zutreffende Bemerkung einzugehen.

»Hier sind Berge!« zeigte sie aufgeregt auf kleine hellbraune Flächen im kolumbianischen Teil. »Cerro Guasacavi, Cerro Canapiare.«

»Könnten durchaus in Frage kommen«, stimmte Arthur zu. »Sehr gut, Liebes.«

»Tja, aber auch diese Berge hier und hier ...«

Howies Finger fuhr in weitem Bogen nach Südosten und Osten.

»Sierra de la Neblina, Sierra Tapirapicó«, las Caroline vor. »Und weiter nördlich und östlich noch mehr Berge, aber ohne nähere Bezeichnungen.«

»Die Gran Sabana ganz im Osten scheidet meiner Meinung nach auch aus«, erklärte Howie. »Zu dicht besiedelt, zu viel Tourismus.«

»Gib mal den Maßstab rein!« forderte Barry Arthur auf.

Arthur verengte noch einmal den Ausschnitt, so daß die Gran Sabana vom Bildschirm verschwand. Dann rief er die Legende der Karte auf.

Mit Daumen und Zeigefinger nahm Barry Maß.

»Das sind, verdammt noch mal, gut und gern fünfhundert Kilometer West-Ost-Ausdehnung und über dreihundert in Nord-Süd-Richtung«, sagte er resigniert und setzte sich schwer wieder auf seinen Stuhl.

»Wir müssen uns nur auf die Berge konzentrieren«, meinte Mitch. »Die beiden kleinen Gebiete in Kolumbien und das große in Venezuela.«

»Trotzdem. Ein verdammt großes Gebiet«, knurrte Barry.

»Wir können es noch mehr einengen«, überlegte Howie laut. »Wenn ich Cornwall wäre, würde ich mich hier auf diesen riesigen Nationalpark konzentrieren.«

Er deutete auf die Sierra de la Neblina im äußersten Süden Venezuelas.

»Kaum Orte und bestimmt so gut wie keine Straßen dort«, stellte Cliff fest. »Ich glaube aber kaum, daß die Camps nur aus der Luft versorgt werden können. Flüsse sind die einzigen Kommunikationswege. Also Flußnähe.«

Howard nickte zustimmend.

»Ich denke, daß die Camps aus logistischen Gründen ziemlich eng beieinander liegen. Die Berge sind auch wahrscheinlich wegen des angenehmeren Klimas und wegen der Moskitos im Flachland. Schließlich sind da Frauen und kleine Kinder. Also nur die Berge über achthundert Meter und dennoch in der Nähe sauberer Flüsse.«

»Trotzdem. Ein verdammt großes Gebiet«, wiederholte Barry skeptisch und maß noch einmal grob nach. »Gut hundert mal fünfzig Kilometer.«

Arthur stand auf und nickte.

»Wir brauchen einfach noch mehr Informationen.«

Er sah sie alle der Reihe nach an und ließ dann seinen Blick bei Caroline ruhen.

»Vielleicht bekommen wir jetzt gleich noch einige. Wir haben heute eine neue CD-ROM bekommen.«

Arthur schob jedem der Freunde ein Blatt Papier und einen Stift zu. »Keine Bemerkungen während des Programms! Wir könnten sonst abgelenkt werden, etwas überhören oder übersehen. Jeder macht seine Notizen, nachher sprechen wir darüber.«

Dann wechselte er die CD-ROMs und startete, während alle näher rückten, wie üblich das Cornwall-Programm: Abraxas.

Es gab für die Powells keine aufregenden Neuigkeiten: die üblichen, schönen Bilder. Neu war, daß alle Junior-Mütter mit ihren Kleinen im Pool zu sehen waren, mit ihnen schwammen und tauchten, so wie sie es mit Junior taten.

Als das Programm zu Ende war und Arthur sorgfältig die neue Telefonnummer abgeschrieben hatte, herrschte lange Schweigen. Niemand hatte etwas wirklich Neues entdeckt. Nur Barry Limes tippte mit einer entschiedenen Bewegung auf seinen Zettel: »Die Latina. Zweimal hat sie das Victory-Zeichen gemacht. Erinnert Ihr euch?«

Die Freunde nickten.

»Einmal im Pool mit dem Kleinen, wie er wieder auftaucht«, las Cliff aus seinen Notizen. »Und dann noch einmal, wie sie über den Rasen auf die Kamera zukam.«

»Was wollte sie uns damit sagen?« fragte Barry in die Runde.

»Daß sie stolz ist, wie gut der Kleine schon schwimmen kann«, meinte Caroline.

»Richtig. Aber dann auf dem Rasen? Worauf hätte sie da stolz sein können?«

Barry Limes schüttelte grübelnd den Kopf.

»Das Zeichen war für uns, für die Leute, die es zu sehen bekommen. Sie will uns etwas Bestimmtes damit sagen. Aber was?«

»Victory ...«, murmelte Arthur. »Victory ... V ...V ...«

»V wie Venezuela!« rief Caroline.

»Sie sind hoffnungslos sentimental, María!« lachte Pamela Barrings. »Ausschuß hat nun einmal jede Produktion.«

María antwortete nicht. Pamela konnte so nett sein, aber in beruflichen Dingen war sie von einer menschenverachtenden Härte, die sie nicht einmal bemerkte. Vielleicht war es eine Art Selbstschutz. Ohne diese Härte könnte sie sicher nicht diese Arbeit tun. Aber es blieb unbegreiflich: Wie konnte diese Frau, die meistens so freundlich war, in Zusammenhang mit Menschen von Ausschuß sprechen, nur weil ein Klon einmal nicht perfekt war, wie es gelegentlich vorzukommen schien?

»Mein Gott!« rief Pamela lachend. »Wenn ich an diese lächerlichen Experimente aus den achtziger und frühen neunziger Jahren denke! Sie kennen die Fotos vielleicht? Die Maus mit dem Menschenohr auf dem Rücken? Die Fliegen mit Augen überall, zwischen den Flügeln, an den Beinen ...«

»Sie glauben an Gott?« fragte María verblüfft.

»Wie bitte?«

»Sie sagten eben: Mein Gott!«

»Eine Redewendung, nichts weiter«, erklärte Pamela. Sie wirkte ärgerlich. »Ich glaube an die Vernunft, an die Logik, auch an die Natur, an die Chemie, die Physik. Ich bin Wissenschaftlerin mit Leib und Seele. Die Theologie ist keine Wissenschaft, sie ist reine Spekulation und, was mindestens genauso schlimm ist, ein brutales Herrschaftsinstrument.«

»Da mögen Sie recht haben«, gab María zu. »Allerdings gibt es noch immer die Priester der Befreiungstheologie, die das genaue Gegenteil zu erreichen versuchen: die Emanzipation der Menschen.«

»Und sich von ihrem Papst, einem der letzten Diktatoren auf unserer schönen Erde, immer wieder in die Schranken weisen lassen. Es funktioniert nicht, es kann nicht funktionieren, eben weil die Grundlage, die Theologie, keine feste Basis ist. Alles Auslegungssache, keine exakte Wissenschaft.«

»Aber ein großer Trost für die Hoffnungslosen.«

»Trost! Hoffnung! Sehen Sie, María, das meine ich mit Sentimentalitäten. Echten Trost, echte Hoffnungen kann es doch nur durch konkrete Perspektiven geben! Durch etwas, worauf man hinarbeiten kann.«

Pamela Barrings lehnte sich in ihrem Drehstuhl zurück.

»Diese konkrete Perspektive kam in unserer Wissenschaft mit Dolly. Erinnern Sie sich an Dolly, das Schaf?«

María nickte: das erste höhere Lebewesen, das aus einer Klonierung hervorgegangen war. Später kamen diese niedlichen Kälbchen, die instinktiv eine unheimliche Furcht in ihr erzeugten.

»Ich weiß gar nicht mehr«, sann Pamela Barrings nach, »wieviele Versuche damals nötig waren – etliche hundert waren es auf jeden Fall –, um ein einziges Schaf zustande zu bringen. Aber mit Dolly begann der Durchbruch, von da an ging's bergauf!«

Sie setzte sich auf und sah María mit leuchtenden Augen an.

»Wissen Sie, daß wir heute eine Erfolgsquote von knapp unter vierzig Prozent haben? Enorm, nicht wahr?«

Das Telefon läutete. Pamela nahm den Hörer ab.

»Barrings. Wer stört?«

Sie lauschte eine Weile in den Hörer.

»Verzeihung, ein Scherz, versteht sich. Einen Moment, bitte.«

Sie sah María bedauernd an und bedeckte mit der Hand die Sprechmuschel.

»Entschuldigen Sie, wir müssen unser kleines Gespräch leider abbrechen.«

María nickte. Sie war froh, gehen zu können.

»Bis morgen dann!«

»Ja, bis morgen.«

María nahm Julios Ärmchen und ließ ihn Winke-Winke machen. Pamela Barrings begleitete die beiden mit ihrem lächelnden Blick, bis María die Tür hinter sich schloß.

Im kleinen Vorraum blieb María wie angewurzelt stehen. Die Mitarbeiterin von Dr. Barrings saß nicht an ihrem Platz. Und die Tür zum Medikamentenschrank stand offen! Einen kleinen Spalt nur, aber sie hatte es sofort gesehen.

María warf einen kurzen Blick zurück zur Tür, durch die kaum gedämpft Pamelas Stimme drang.

»Nummer Zwei Siebzehn Vier Strich Drei? Ist das nicht die kleine Peruanerin? Unsere Supergebärmaschine!«

Mit zwei Schritten war María bei dem weißen Schrank und öffnete die verglaste Tür. Ah, Pamela Barrings sprach über Luisa, die schon zum dritten Mal schwanger war und behauptete, ihre Familie in Lima habe schon sehr viel Geld bekommen. Marias Augen flogen hastig über die bunten Schachteln.

»Moment, ich bin schon im Programm«, hörte María Pamelas Stimme und das leise Klacken der Computertastatur.

Lariam! Mindestens zehn Packungen! Eine nehmen, nur eine, auch wenn's in den Fingern juckt! Nein, doch besser zwei.

»Ja, da habe ich sie: Luisa Perreira. Der Klon heißt Cecilia, schon fast drei Jahre alt. Was brauchen Sie?«

Antischockmittel. Bestimmt zu gebrauchen!

»Ein rechtes Auge? Ich denke, das dürfte kein Problem sein. Das Mädchen ist kerngesund.«

Schlangengiftserum! Buschmeister, Boa constrictor und andere! Nur zwei Schachteln. Das fällt leicht auf. Trotzdem! Eine wenigstens.

»Heute noch?Unfall, wie? Okay, wir schicken die Kleine auf den Weg nach Boston. Aber zehn Tage wird es schon dauern.«

María hielt mitten in der Bewegung inne, in der Hand eine kleine Packung mit Einmalspritzen. Was redete Pamela Barrings da?

»Ja, ist in Ordnung. Ich sehe mir das Kind noch einmal an. Das rechte Auge, ja.«

Pamela Barrings lachte verhalten.

»Sie brauchen nicht alles zu wiederholen, werter Kollege! Wie gesagt, es ist kein Problem zu erwarten.«

María schloß die Schranktür. Ja, so etwa war der Spalt gewesen. Alles wiederholen? Dr. Pinter? Sprach Pamela Barrings mit Dr. Pinter?

Rasch stopfte sie die Schachtel mit den Spritzen unter Julios Hemdchen zu den anderen Sachen.

»Nein, kein Problem. Wir erklären, daß wir Nummer

Zwei Siebzehn Vier Strich Drei zum Lager Drei verlegen. Sie ist ja schon wieder befruchtet und unsere Wöchnerinnenstation ist sowieso überfüllt, da ist das eine plausible Erklärung. Ja, genau.«

María wurde blaß. Ihre Beine trugen sie kaum, als sie aus dem Pavillon unter das Vordach trat und sich nach links in Richtung Pool wandte.

»Hello!« hörte sie die Stimme von Dr. Barrings' Sekretärin hinter sich.

Sie warf nur einen raschen Blick über die Schulter.

»Hello, wie geht's?« antwortete sie charmant lächelnd und ging, nicht zu rasch und nicht zu langsam, zum Pool hinunter.

»Doch, bestimmt, Ramón! Ich habe es genau gehört!«

Ramón sah sie mit seinem dunklen, ungläubigen Blick an.

»Ersatzteillager? Die Kinder ein Ersatzteillager für andere Kinder? So etwas gibt es nicht!«

María wischte sich mit der Hand über ihr von Regen und Tränen nasses Gesicht.

»Das ist es, weshalb wir alle hier sind, Ramón. Es besteht kein Zweifel mehr! Sie haben Luisa und Cecilia und den Kleinen schon abgeholt.«

Ramón steckte den Arm durch den Zaun.

»Ich kann es nicht glauben. Ist das denn überhaupt möglich? Ich meine, dem einen Kind ein Auge herauszunehmen und dem anderen einzusetzen? Ich kann das nicht glauben!«

María spürte dankbar seine Hand auf ihrer Wange und schmiegte sich hinein.

»Ach, Ramón, mein lieber, naiver Indio! Wenn du wüßtest, was alles möglich ist!«

Ramón hörte es inzwischen gern, wenn sie ihn »ihren lieben Indio« nannte. Er streichelte schüchtern ihre Wange und ihr Haar und ließ sie weinen.

Diese Frau hatte sein Leben verändert wie niemand und nichts anderes zuvor. Was hatte sie nicht für fürchterliche

Dinge erzählt, die die Weißen den Indios in ganz Lateinamerika angetan hatten und noch immer antaten, weil sie sich für etwas Besseres hielten. Dabei waren sie es, nicht die Indios oder die anderen naturverbundenen Völker der Erde, die mit grausamer Konsequenz die Lebensgrundlagen der Menschen auf diesem Planeten beeinträchtigten und zerstörten.

»Das alles tun sie Mutter Erde an?« fragte er erschüttert, als María ihm von den maßlos dummen, kurzsichtigen Umweltzerstörungen aus Profitgier, von Vergiftungen in der Erde, im Wasser und in der Luft berichtet hatte. Von der Atombombe hatte er schon gehört, aber er hatte geglaubt, das sei so etwas wie im Kino, etwas, das man sah und das doch nicht real war. Aber María hatte recht und sie wußte soviel! Sie nickte nur traurig, als er von den toten Fischen erzählte, die er im Río Caroní hatte treiben sehen, ganz in der Nähe von Apapurén.

»Vielleicht Quecksilber«, hatte sie gesagt. »Die Goldwäscher benutzen Quecksilber, um das Metall aus dem Gestein zu lösen.«

»Was ist Quecksilber?«

»Wie soll ich dir das erklären? Quecksilber ist auch ein Metall, das einzige, das schon bei normalen Temperaturen flüssig ist oder sogar verdunstet. Es ist sehr giftig.«

Erstaunlich, was María alles wußte. Aber auch er konnte ihr vieles erzählen, was sie nicht wußte, und sie hörte ihm gierig zu. Wie gern erinnerte er sich nun, um ihr zu gefallen, an manches, was er vom Großvater und Vater über alle möglichen Pflanzen und Tiere gehört hatte, und er ärgerte sich, daß er ihr Wissen so mißachtet und vieles wieder vergessen hatte.

»Aus der Rinde vom Yarachuchu hat Großvater oft einen Trank gekocht. Der war gut gegen Fieber und bei Magenschmerzen. Und das Harz vom Ararobabaum ist ein gutes Abführmittel. Wir benutzen es oft, wenn die kleinen Kinder Würmer haben. Selbst das gefährliche Curare, das aus Lianen und Rinden gewonnen wird, ist ein gutes Heilmittel, zum Beispiel bei Gastritis.«

Nach und nach, von Gespräch zu Gespräch fielen Ramón immer mehr Geschichten ein, die er in der Kindheit erlebt hatte, auch weit verdrängte Namen von Pflanzen, deren Präparation für eine heilende Wirkung ihm nicht immer präsent war. Er genoß es, wie María ihm aufmerksam zuhörte und Fragen stellte, auf die er dann oft nicht gleich eine Antwort wußte, was ihn verlegen machte. Manchmal kam es vor, daß er mitten in irgendeinem Gespräch sagte:»Jetzt weiß ich es wieder: gegen Schlangenbisse!«

»Wie gegen Schlangenbisse?«

»Pepinos de monte! Pepinos de monte oder Esponjillas! Die sind gut bei Schlangenbissen«, erklärte Ramón, als hätte María die Frage eben erst und nicht vor ein paar Tagen gestellt. »Und man kann Abtreibungen damit machen.«

María hatte ihn angestrahlt und gelobt, und er war sehr stolz.

María hob den Kopf aus seiner Hand und sah Ramón mit vom Weinen geröteten Augen an.

»Ich habe Luisa nicht gewarnt«, schluchzte sie. »Ich habe sie nicht gewarnt.«

»Hätte sie dir geglaubt?« fragte Ramón leise.

María schaute ihn lange an. Dann schüttelte sie den Kopf.

»Wir müssen hier weg, Julio und ich müssen hier weg. Schnell!«

»Ich weiß, María.«

Ramón ließ seine Hand in ihren Nacken gleiten und zog sie näher zu sich, bis nur noch der Zaun zwischen ihnen war.

»Ich will auch weg. Ich will nach Hause. In mein Dorf.«

Er sah ihr in die Augen. Sie starrte ihn stumm an.

»Du bist jetzt sehr aufgeregt, deshalb hör auf mich!«

Ramón sprach eindringlich und ruhig. María sah nur seine dunklen Augen und darin, sehr klein, ihr verschwommenes, kopfstehendes Spiegelbild.

»Wir müssen Geduld haben, wir müssen uns vorbereiten.«

»Ich habe schon einiges vorbereitet, Ramón«, sagte María schnell und so leise, als fürchtete sie, ein Dritter könne sie hören. »Seit ich hier bin, denke ich an Flucht und bereite mich darauf vor, aber jetzt ...«

Wieder schoß ihr ein Schwall Tränen in die Augen.

»Ich habe Angst, Ramón! Ich habe Angst!«

»María! Der Wald ist nicht nur eine große Apotheke, wie du vielleicht denkst. Dort lauern auch viele Gefahren. Wilde Tiere, wilde Menschen!«

»Ich habe Serum, ich habe Antibiotika, alle möglichen Medikamente ...«

»Gut. Ich kann etwas Proviant beschaffen, auch Milchpulver, eine Machete, ein Seil ...«

»Laß uns fliehen! Gleich morgen!«

Ramóns Blick drang noch tiefer in Marias Augen.

»Nein, nicht morgen. Und auch nicht übermorgen.«

»Ramón! Wir können nicht warten, bis sie Julio holen!«

»Wir müssen warten, bis die Regenzeit ganz vorüber ist, verstehst du? Zwei, drei Wochen vielleicht. Jetzt wäre es unser sicherer Tod!«

María dachte nach. Vermutlich hatte Ramón recht. Sie nickte. »Gut, mein lieber Indio.«

Sie steckte beide Arme durch den Zaun und umarmte ihn, so gut es ging.

»Dein Bericht, Cliff!« forderte Arthur knapp.

Cliff Cassidy genoß es, die Kameraden ein wenig auf die Folter zu spannen.

»Eine tolle Gegend haben wir uns da ausgesucht, Captain!« lachte er und hielt eine Flugnavigationskarte in die Höhe.

Die Männer rückten näher und besahen sich das Übel.

»Mein Flughafen war San Fernando de Atabapo, gute vierhundert Kilometer Luftlinie Nordnordwest vom Zielgebiet, fast zweihundert Kilometer südlich von Puerto Ayacucho am Orinoco. Näher dran ist nichts. Und nun lies mal vor, Mitch, was da unten, wo die Sierra de la Neblina liegt, Schlaues geschrieben steht.«

Mitchell Walker beugte sich über die Karte, die Cliff auf dem Campingtisch ausgebreitet hatte.

Es war ein warmer Herbsttag in den Rockies. »Indian Summer« nannte man das, die schönste Zeit des Jahres. Das Laub der Bäume hatte sich schon leuchtend gelb, orange und rot verfärbt, und es wurde jetzt am späten Nachmittag bereits empfindlich kühl.

Die Powell-Truppe hatte sich an diesem Freitag noch vor Tagesanbruch getroffen, um wie jedes Jahr um diese Zeit an den Lake Granby zum Fischen zu fahren. Den ganzen Tag hatten sie mit Angeln, Baseballspielen und Faulenzen verbracht und gelegentlich die Umgebung mit Ferngläsern abgesucht. Anscheinend wurden sie nicht beobachtet.

Das Wasser des Sees war noch warm genug zum Schwimmen. Caroline und Junior hatten das weidlich ausgenutzt. Auch der muskulöse Barry Limes hatte, prustend wie ein Walroß, zur Freude des kleinen Jungen an wilden Wasserspielen teilgenommen. Morgen wollten sie sehen, ob sie in den Ahorn- und Eichenwäldern der Berge ringsum vielleicht einen Hirsch vor die Flinte bekämen. Und am Sonntagabend würden sie sich, wie sie es seit vielen Jahren taten, im Atlantic treffen, um das wunderbare Wochenende und ihre Männerfreundschaft zu begießen. Es war wie immer, nur, daß diesmal Caroline und Junior dabei waren, aber das sollte nicht zu auffällig sein.

»Wir dürfen uns nicht wieder hier im Haus treffen«, hatte Arthur zum Abschluß ihrer Besprechung in der Villa gesagt. »Wir werden ausspioniert, jedenfalls weiß die Organisation eine Menge über uns und unsere Gewohnheiten. Also, keine Telefonate bis zum nächsten Treffen. An die Arbeit!«

Jetzt saßen sie neben dem noch qualmenden Grill, von dem der letzte Fisch gegessen war, vor ihren kleinen Zelten.

Wer die Gruppe sah, mußte denken, daß sie, über die Karte gebeugt, einen Ausflug für den nächsten Tag plane.

»Da ist ja alles weiß!« sagte Mitch lachend. »Terra incognita?«

»Und das ist die offizielle Flugkarte! Die Sierra de la Neblina wurde überhaupt erst 1955 entdeckt«, erklärte Cliff. »Jedenfalls von uns Weißen. Soll eine Menge noch unbekannter Indios da unten geben.«

Er stieß Mitch mit dem Ellenbogen an:

»Nun lies schon, ich mag's gar nicht sagen.«

»Also«, grinste Mitch, »da steht, und zwar wortwörtlich: ›Parque Nacional Serranía de la Neblina. Es ist gefährlich, niedriger als viertausend Meter zu fliegen.‹ Das ist alles, keine Flußläufe, keine Höhenangaben, nichts. Alles weiß.«

Cliff Cassidy faltete die Karte zusammen und warf sie auf den Tisch, als wolle er sich von einem Stück Abfall befreien.

Arthur sah ihn an.

»Keine andere Karte?«

»Ich hatte von der NASA Satellitenkarten bekommen, aber auch die haben mir wenig genützt. Sie zeigen zwar das Bodenprofil ziemlich genau, aber nicht, was darüber ist.«

»Wie, was darüber ist?« fragte Caroline verständnislos.

»Bäume«, erklärte Cliff und lächelte ihr zu. »Und die sind da unten fünfzig, sechzig Meter hoch. Es war ziemlich schwierig, vor allem, weil die Regenzeit gerade erst zu Ende ging, aber so macht es ja erst richtig Spaß.«

Er faltete ein großes Blatt auseinander und legte es über die andere Karte. Dann tippte er lässig auf das bunt bemalte Papier.

»Das ist meine eigene Karte!« sagte er mit unterdrücktem Stolz.

»Oh Mann!« stöhnte Howard auf. »Das sieht ja aus, als wären wir Kinder auf Schatzsuche!«

Cliff ließ sich von dem Scherz nicht beeindrucken.

»Also, von diesem Puerto Ayacucho und von San Fernando de Atabapo aus starten fast täglich kleine Flugzeuge zu

Rundflügen über den Dschungel. Es lebe der Tourismus! Da fiel ich mit meiner alten Fokker überhaupt nicht auf und die Legende von der Expeditionsvorbereitung haben alle geglaubt. Schließlich hatte ich ja deine hervorragende Legitimation der venezolanischen Regierung, Barry.«

Barry nickte zufrieden. Cliff langte in seine flache Ledertasche und warf einen Stapel Fotos auf den Tisch.

»Und hier das Ergebnis!«

»Die Lager?« fragten Mitch und Barry wie aus einem Mund.

»Die Lager!«

Cliff lehnte sich grinsend auf seinem Klappstuhl zurück und genoß den Augenblick des Triumphes.

Caroline griff hastig als Erste zu den Schwarzweißaufnahmen, drehte und wendete sie und gab sie dann kopfschüttelnd an Arthur weiter.

»Ich kann nichts erkennen!« gestand sie kleinmütig.

»Hier, Liebes!« zeigte Arthur ihr auf einem der Fotos. »Siehst du diese hellen Flecke?«

»Ah ja! Aber was kann das sein?«

»Reflexionen! Es gibt aber nichts, was im Urwald reflektiert. Außer den Photovoltaikanlagen der Lager!« rief Howie. »Die können sie nicht unter Bäumen verstecken. Wieviele sind es?«

»Es sind vier Lager mit je vier dezentralen Solaranlagen, aus denen man ungefähr die Ausdehnung ablesen kann«, erklärte Cliff. »Sind gar nicht so groß, drei- oder vierhundert Meter im Quadrat. Aber wenn ihr genauer hinseht, dann könnt ihr auf einigen der Photos noch etwas Wichtigeres entdecken.«

»Du meinst hier und hier!«

Arthur hielt zwei der Aufnahmen hoch, damit alle sie sehen konnten.

»Das könnten Wege sein, nur schwach zu erkennen, aber doch eindeutig Wege.«

»Richtig!« stimmte Cliff zu. »Aber dreh die Aufnahmen

bitte um: Die Wege führen nämlich alle nach Norden zu einem Fluß. Gib mal her!«

Er ordnete die Aufnahmen auf dem Tisch, sie über- und untereinander schiebend, so, daß sie ein großes Foto ergaben.

»Es war nicht immer die gleiche Flughöhe, aber so stimmt es ziemlich genau.«

Er zeigte in das Grau der Aufnahmen.

»Der Fluß hier im Norden ist der Siapo. Zeig ich euch nachher noch auf der Karte. Hier ist einer der Wege vom Fluß weg, und das hier nenne ich Lager Eins.«

Tatsächlich führte eine dünne, gewundene und häufig unterbrochene Linie zu einem nicht ganz gleichmäßigen Rechteck, das sich, kaum zu erkennen, im Chaos der Baumkronen abzeichnete. Und überall Reflexionen von Solaranlagen, vielleicht auch einmal von einem der Pools, wie sie auf den CD-ROMs zu sehen waren. Cliff zeigte auf drei weitere Stellen der Aufnahmen.

»Lager Zwei, Drei und Vier, alle eng beieinander. Hochebene, vielleicht siebenhundert Meter über dem Fluß.«

»Aus welcher Flughöhe ist das fotografiert? Warst du nicht auffällig tief?«

Howie sah Cliff besorgt an. Der schüttelte den Kopf.

»Glaube kaum, daß jemand Verdacht geschöpft hat. Die Touristenflüge kommen da zwar selten hin, aber ich war praktisch nie unter dreitausend Meter. Beim jeweils zweiten und dritten Anflug auf die Wolkenlöcher über dem Zielgebiet Motor aus, Gleitflug. Wahrscheinlich hat mich niemand gesehen oder gehört. Und wenn: Kein Schwein glaubt, daß man aus der Höhe etwas sehen oder fotografieren kann.«

»Okay!« entschied Arthur. »Und selbst wenn: Wir werden frühestens in drei, vier Wochen da unten sein können. Bis dahin ist jede erhöhte Aufmerksamkeit längst wieder eingeschlafen. Jetzt zeig uns das mal auf deiner Karte.«

Cliff räumte die Fotos fort.

»Seht ihr hier, genau zwischen dem Siapo und diesem anderen Fluß im Süden. Das ist der Yatua.«

»Was ist das für ein Maßstab? Wie weit ist das weg von den Flüssen?« fragte Barry Limes.

»Jeweils gut dreißig, vierzig Kilometer, immer steil bergauf.«

»Das bedeutet im Dschungel wenigstens vier, fünf Tage Marsch«, überlegte Arthur.

»Die Versorgung der Lager erfolgt demnach von hier aus, über den Río Siapo im Norden«, stellte Mitch fest. »Wie heißt das Nest an der Einmündung?«

»Siapa. Und das ist wirklich der Arsch der Welt. Gut hundertzwanzig Kilometer flußabwärts von den Lagern aus.«

»Gut!« meinte Arthur. »Mit großer Sicherheit haben sie also dort ihre Basis. Das heißt, für uns scheidet Siapa als Ausgangspunkt aus.«

»Warum?« fragte Caroline naiv und verwirrt von den schnellen Schlußfolgerungen der Männer..

»Jede auch noch so zufällige Begegnung mit Leuten von der Organisation könnte sie warnen, auch wenn Barrys Papiere und unsere Legende noch so gut sein mögen.«

Er warf einen Blick in die Runde.

»Gute Arbeit, Cliff!« lobte er knapp. »Vier Lager. Das bedeutet, wir brauchen wenigstens zwanzig, dreißig Männer.«

»Leichte Bewaffnung, nur Gewehre, Pistolen, Sprengstoff, dazu noch Armbrust«, ergänzte Mitch Walker. »Und Nachtsichtgeräte.«

»Leider werden wir vorab nicht herausfinden, wie die Lager gesichert sind«, knurrte Barry.

»Sie werden sowieso mehr Aufmerksamkeit nach innen, auf Fluchtversuche, richten als nach außen«, meinte Howie. »Ich stelle mir vor, daß es nicht allzu viele Leute braucht, um ein paar Frauen und Kinder zu beaufsichtigen. Wir müssen alle Lager gleichzeitig angreifen und vor allem zuerst die Solaranlagen und Generatoren außer Betrieb setzen, um die Kommunikation untereinander und zu ihrem Hauptquartier zu unterbinden.«

»Schon richtig, aber den tatsächlichen Plan werden wir

erst vor Ort machen können!« gab Arthur zu Bedenken. »Was haben deine Recherchen ergeben, Champ?«

»Es gibt zwei wichtige Punkte, Captain«, begann Howie. »Zuerst die Frage unseres Ausgangspunktes. Cliffs Ergebnisse passen bestens zu meinen.« Er tippte auf die Karte.

»Siapa am Einfluß des Siapo in den Casiquiare, der von Süden kommt und in den Orinoco fließt.«

Sein Finger fuhr ein gutes Stück in Richtung Westen.

»Und hier der Río Negro, Grenzfluß zu Kolumbien. Und ungefähr hier, das hast du nicht eingetragen, gibt es einen Ort, der San Felipe heißt. Gehört schon zu Kolumbien.«

»Bißchen weitab vom Schuß, wie?« bemerkte Cliff. »Falls du an einen Einsatz von Hubschraubern denkst, vergiß es. Es gibt im Zielgebiet keine Landemöglichkeiten.«

»Ich denke an Boote«, antwortete Howard. »Auf deiner Karte fehlt nämlich, wie übrigens auf fast allen aus dieser Gegend, ein wichtiges Detail.«

Sein Finger rutschte ein Stück den Río Negro hinauf und dann quer durch das Grün des Dschungels hinüber zum Casiquiare.

»Der Casiquiare fließt nämlich nicht nur nach Norden in den Orinoco, sondern auch westlich in den Río Negro!«

»Das gibt es nicht!« staunte Caroline.

»Das gibt es, weil hier, südlich von Siapa, eine Wasserscheide besteht, die einen Teil seines Wassers nach Westen und einen anderen Teil nach Norden ablenkt.«

»Bifurkation!« brummte Barry zufrieden. »Ich wußte schon immer, daß das zu irgendwas gut sein muß.«

»Von San Felipe aus haben wir in etwa hundertfünfzig Flußkilometer bis ins Zielgebiet! Und jetzt, zum Ende der Regenzeit, haben wir ausgezeichnete Wasserverhältnisse. Die Grenze müßten wir bei Nacht passieren. Ich schlage vor, den Yatua zu nutzen. So umgehen wir den Siapo, wo sie verkehren.«

»Sehr gut, Howie!« lobte Arthur. »Also San Felipe. Dein zweiter Punkt?«

»Der zweite Punkt ist, daß Kolumbien auch politisch das bessere Ausgangsgebiet für uns ist. Ich habe da, übrigens über einen Priester, Verbindung zu einer indigenen Guerilla, von der wir gegen Lieferung von Waffen und Munition gut trainierte Männer bekommen können. Allerdings müßten wir sie zusätzlich motivieren, an einer solchen Aktion teilzunehmen, mit Geld allein ist da nichts zu machen.«

»Daß es sowas noch gibt!« äußerte Barry kopfschüttelnd.

»Howie, du bist der Champ!«

Mitch schlug Howie kräftig auf die Schulter. Howie schüttelte den Kopf.

»Die Indios da unten haben es verdammt schwer. Ich möchte nicht, daß wir sie in irgendeiner Weise verarschen.«

»Nanu, Howie!« lachte Mitch. »Seit wann bist du so sentimental?«

Howard Stevens setzte sich.

»Seit wir nicht mehr aktiv sind, bin ich ein wenig zum Nachdenken gekommen«, sagte er sehr ernst. »Ich fürchte, ich würde heute nicht mehr alles mitmachen ...«

Die Männer schwiegen.

Dann sagte Howie leise in die Stille:

»Aber das hier ist natürlich was anderes.«

Arthur legte eine Hand auf seinen Arm.

»Und wenn wir deinen Indios schlicht und einfach reinen Wein einschenken?«

Howie sah dankbar auf.

»Das würde ich für das Beste halten. Auch wenn es nicht einfach sein wird, ihnen etwas so Unvorstellbares zu verklickern. Aber ich denke, Padre Jerónimo kann es schaffen.«

»Okay!«

Arthur sah die Freunde der Reihe nach an, während er mit seiner Hand Carolines Hand suchte und sie fest drückte.

»Barry, du wirst uns Papiere für Kolumbien besorgen, von der Geburtsurkunde über Schulzeugnisse bis zum Universitätsabschluß. Wir sind Biologen und werden einen Film über den Dschungel da unten drehen.«

»Ay, Sir!«

»Cliff, wir brauchen fünf Boote mit den leisesten Außenbordern, die du in Kolumbien auftreiben kannst. Du besorgst auch Kameras und die weitere Filmausrüstung. Das muß alles sehr überzeugend aussehen.«

»Ay, Sir!«

»Mitch, setz dich mit Howie zusammen. Ihr besprecht, welche Waffen wir brauchen und welche die Guerilla. Kauf sie, wo du kannst, aber möglichst in der Gegend da unten. Wir haben keine Zeit für langwierige Transporte oder Zollprobleme.«

»Ay, Sir!«

»Howie, du wirst die Leitung des Unternehmens übernehmen, bis ich nachkomme. Fünf Boote, fünf Trupps zu fünf Männern, klar? Ihr fliegt, sobald die Papiere fertig sind. Wie lange wird das dauern, Barry?«

»Wir fliegen in einer Woche.«

»Sehr gut. Caroline, du wirst, während wir unten sind, hier den Schein wahren müssen. Ich werde die nächste CD-ROM abwarten und dann auf Geschäftsreise gehen. Aber ich rufe dich jeden Tag an, damit uns keine Entwicklung hier überraschen kann. Jeden Tag!«

»Ay, Sir!« antwortete Caroline mit belegter Stimme.

»Seid ihr bereit, Freunde?«

»Bereit!«

»Dann laßt uns jetzt endlich sehen, wo wir morgen in dieser schönen Gegend einen verdammten Hirsch vor die Flinte bekommen.«

»Wieviele Juniors gibt es eigentlich?«

María lehnte am geöffneten Fenster in Pamelas Büro. Es war die zweite Woche, in der es nur noch selten und nicht sehr heftig regnete. Die Tagestemperaturen hatten sich merklich erhöht. Ihre Flucht stand nun unmittelbar bevor. Nicht drei Wochen, wie Ramón es zu ihrer Beruhigung gesagt hatte, waren seit ihrem ersten Gespräch über Flucht vergangen, sondern nun schon fast fünf, eine endlos lange Zeit. Er hatte Mühe, sie zu beruhigen und zu überzeugen, daß sie noch eine Schere, Verbandsmaterial und verschiedene andere Sachen »organisieren« müsse, während er sich um so notwendige Dinge wie einen Gaskocher, eine Machete und feste Kleidung für sie kümmern wollte, die er aus dem Materialdepot der Wachmannschaft besorgen könne.

Pamela Barrings antwortete nicht sofort. Wie fast jeden Tag räumte und kramte sie in ihren Papieren und Statistiken, schob Stapel von Akten von einer Seite ihres Schreibtisches auf die andere, überflog einzelne Papiere flüchtig mit den Augen, um sie irgendwohin zu legen oder in den quietschenden und rappelnden Reißwolf zu stopfen, und räumte Bücher in die Regale zurück, ohne je eine wirkliche Ordnung zu schaffen.

»Sagen Sie schon, wieviele Juniors gibt es?«

Diese letzte Frage mußte María Pamela noch stellen. Seit Wochen unterdrückte sie diesen schmerzlichen Wunsch zu erfahren, ob es noch mehr Klone ihres geliebten Julios gab. Besonders seit dem schrecklichen Erlebnis mit Luisas kleiner Cecilia quälte sie dieser Gedanke. Vielleicht gab es jeweils fünf, zehn oder noch mehr identische Kinder zur Entnahme von Augen, Nieren oder was man sonst von ihnen brauchte. Es war ihr seither unendlich schwer, leichthin mit Pamela Barrings zu plaudern, wie sie es gewohnt war und wegen der nötigen Diebstähle brauchte. Wie kann man mit einer solchen Schlächterin plaudern, auch wenn sie im Alltag so liebenswürdig sein konnte?

Dr. Barrings schaute María ernst an.

»Ich habe eigentlich schon lange auf diese Frage gewartet. Aber Sie werden nicht erwarten, daß ich Ihnen darauf antworten darf«, antwortete sie endlich. »Selbst wenn ich wollte ...«

»Ich hatte gehofft ...«

María zögerte und lächelte Pamela vertrauensselig an.

»Ich hatte gedacht, weil wir doch so etwas wie Freundinnen geworden sind ...«

Ohne ihren Gesichtsausdruck einer leicht eingeschnappten jungen Frau aufzugeben, beobachtete sie genau die Wirkung ihrer Worte. Pamela senkte die Augen und wurde ein wenig rot.

»Und wann wird man mir Junior wegnehmen? Ihn zu seiner Familie bringen?«

Pamela schwieg.

»Ich habe Sie sehr gern, María, das wissen Sie. Aber es gibt Dinge im Berufsleben ... Ich habe eine Schweigepflicht.«

»Schade. Ich meine, ich könnte mit meinem Wissen doch sowieso nichts anfangen. Es wäre nur für meinen Seelenfrieden«, bohrte María leise und in leidendem Ton nach. »Ich kann oft nicht schlafen, weil ich mich das frage.«

»Haben Sie keine Beruhigungsmittel mehr?« fragte Pamela Barrings besorgt und ablenkend. »Ich gebe Ihnen gleich ...«

»Nein danke, nicht nötig. Ich habe noch.«

Die beiden Frauen schwiegen. Pamela Barrings wandte sich halbherzig ihren Papieren zu und blätterte zerstreut darin herum.

»Pamela?«

»Ja.«

»Seien Sie mir nicht böse. Ich möchte, daß wir Freundinnen bleiben, auch wenn wir so verschiedene Standpunkte haben«, sagte María leise, und es klang sehr ehrlich.

»Ich möchte das auch«, antwortete Pamela ebenso leise und intim. Sie legte den Ordner beiseite und kam sehr nah an María heran. »Ich habe Sie wirklich sehr gern.«

Sie stand genau vor María und fuhr ihr mit einer beinahe schüchtern wirkenden Geste durch das dichte schwarze Haar.

»Sie erinnern mich so sehr an meine Tochter, María«, seufzte sie. »Sie wäre jetzt in Ihrem Alter.«

María schaute überrascht auf. Sie sah, daß Pamelas Augen feucht schimmerten.

»Norma hatte deine Augen und dein Haar«, flüsterte Pamela, während die Tränen ihr aus den Augen zu quellen drohten. »Ihr Vater ist Mexikaner.«

María ließ ihre Stirn gegen Pamelas Stirn sinken.

»Was ist mit ihr? Ist Norma ...«

»Ja, Norma ist tot«, flüsterte Pamela und unterdrückte ihr Schluchzen.

María zog Pamela in eine Umarmung. Für den Augenblick vergaß sie völlig, daß diese Frau in Wirklichkeit die kalte, brutale Priesterin eines perversen Wissenschaftskults war, die ohne jede Gefühlsregung Kinder zur Schlachtbank schickte. Pamela war für María plötzlich nur noch Frau und Mutter. Und irgend etwas Schreckliches mußte passiert sein.

»Was ist deiner Tochter geschehen?«

»Norma studierte Kunst. Sie ging für ein halbes Jahr nach Florenz in Italien. Als sie zurückkam, war sie schwanger.«

»Und dein Mann hat ...«

»Nein, nein! Estéban war kein solcher Macho, glaub das nicht. Estéban war ...«

Pamela Barrings schluchzte hart auf und konnte nicht weiter sprechen.

»Ruhig!« flüsterte María und strich Pamela mit der Hand sanft über den Rücken. »Ganz ruhig.«

Sie spürte, wie Pamela sich zusammenriß und ihr Körper sich straffte.

»Estéban wollte das Kind, so wie Norma es wollte, und so wie ich es wollte. Er hoffte so sehr auf eine neue, kleine Norma ... Aber dann hatte Norma diesen Unfall. Die genaue Ursache konnte nie geklärt werden. Jedenfalls kam sie von der Straße ab. Der Wagen überschlug sich, sie wurde herausgeschleudert ... Oh, mein Gott!«

Pamela schrie auf und preßte sich schmerzhaft in Marias Umarmung.

»Vielleicht, wenn sie eine Spenderlunge bekommen hätte ...«

María fuhr fort, sie beruhigend zu streicheln. So standen sie lange und schwiegen. Dann flüsterte Pamela tonlos: »Sie lag vier Wochen im Koma. Dann verlor sie das Kind, ein Mädchen. Und dann starb sie selbst.«

Noch einmal schluchzte Pamela kurz auf.

»Estéban ertrug es nicht. Am selben Tag raste er mit seinem Wagen frontal gegen unsere Hofmauer. Er war auf der Stelle tot.«

Wieder standen die beiden Frauen lange in ihrer stummen Umarmung. María hatte aufrichtig Mitleid mit Pamela. Was für ein Schicksal!

»Und deshalb«, fragte sie leise, »machst du jetzt diese Arbeit? Weil du hoffst, auf diese Weise anderen Menschen ...«

Abrupt machte sich Pamela aus der Umarmung frei und trat einen halben Schritt zurück.

»Vielleicht.«

Sie wischte sich wie ein kleines Mädchen mit beiden Handrücken die Augen und zog die Nase hoch. Dann lachte sie unvermittelt auf: »Jetzt sieh dir das an!«

Pamela zeigte ihre Hände vor, auf denen blauschwarze Spuren ihres verschmierten Make-ups zu sehen waren.

»Ich sehe bestimmt aus wie eine Verrückte!«

María sah sie fragend an, ohne auf diesen Umschwung einzugehen.

»Ja, vielleicht mache ich es deshalb«, sagte Pamela ernst.

Sie ging zum Waschbecken hinüber und wusch sich das Gesicht, das sie sich mit dem weißen Handtuch mehr als nötig trocken frottierte. Zum ersten Mal sah María sie ohne Make-up. Pamela sah alt und müde aus.

»Und nun Schluß mit diesen alten Geschichten!« rief Pamela übertrieben energisch. »Sag, María, willst du mir bei etwas helfen?«

»Wenn ich kann.«

Pamelas forscher Ton brachte sie sofort auf den Boden der Tatsachen zurück.

»Du kannst. Es ist nicht schwer.«

Pamela zeigte mit einer vagen Geste quer durch den Raum.

»Du kennst mein Chaos hier«, sagte sie lächelnd. »Nun, dieses Chaos überschaue ich einigermaßen. Aber unter unseren Materialien herrscht fast ein ebensolches Chaos. Wie soll man da wissenschaftlich arbeiten? Ich habe vor, eine Inventur durchzuführen, am besten gleich morgen!«

María fühlte, wie ihr die Knie schwach wurden.

»Eine Inventur?« fragte sie nach, um überhaupt etwas zu sagen.

»Ja! Wir müssen wieder einmal auflisten, was alles vorhanden ist an Medikamenten, Reagenzgläsern, Spritzen, Verbandsmaterial, Einmalhandschuhen und so weiter. Alles auflisten und mit dem Soll vergleichen. Es gibt immer mal wieder Schwund.«

María riß sich zusammen. Um Himmels Willen nichts anmerken lassen!

»Ja, okay«, sagte sie so leichthin wie möglich. »Dann gebe ich Junior morgen früh Gerda, damit sie auf ihn aufpaßt. Das ist kein Problem.«

Pamela trat wieder näher an María heran.

»Bitte«, sagte sie, »kein Wort über das, was wir eben gesprochen haben.« María nickte.

»Und es ist besser, wenn wir uns in Gegenwart anderer nicht duzen.« Wieder nickte María.

»Ja«, antwortete sie, »du kannst dich darauf verlassen.«

»Prima!« rief Pamela betont munter. »Sagen wir, morgen früh zehn Uhr?«

»Morgen früh zehn Uhr.«

Um zehn Uhr nachts traf sie sich mit Ramón am Zaun.

»Nimm den Busch zur Seite!« flüsterte er und ließ den Strahl seiner Taschenlampe auf die Blätter eines niedrigen Gewächses direkt vor María fallen. Ramón verdeckte mit seinen dicken Fingern das Glas der Lampe so weit, daß nur ein winziger Schein herauskam, gerade hell genug, um zu erkennen, was er meinte.

María griff in die Zweige und zog den Busch beiseite. Darunter wurde ein Loch sichtbar.

»Gib mir zuerst deine Tüte!«

Sie reichte ihm die pralle Plastiktüte mit ihren Schätzen unter dem Zaun hindurch.

»Jetzt Julio!«

Julio schlief tief und fest. Die halbe Schlaftablette würde ihn sicher für Stunden ruhig halten.

»Gib mir den Busch! Und nun komm!«

Der Riemen ihrer Sommersandale riß, während sie sich durch das enge Loch wand.

»Scheiße!«

»Schschscht!« hauchte Ramón. »Hattest du nichts Besseres? Auch keine dunklere Bluse?«

»War ein Sonderangebot, Ramón«, scherzte María in ihrer Nervosität. Ihr Herz schlug so heftig, daß sie fürchtete, es müsse bis zu den Wachhäuschen zu hören sein. Sie trug ihre ausgewaschenen Jeans, die sie noch im Sanatorium geschenkt bekommen hatte, und eine hellblaue Bluse, die sie gewählt hatte, weil sie aus sehr festem Jeansstoff gemacht war. Und etwas anderes als die Sandalen besaß sie gar nicht.

Ramón placierte den Busch wieder über dem Loch. Dann öffnete er lautlos die Tür im zweiten Zaun und drehte leise den Schlüssel im Schloß.

»Dort!« Er leuchtete auf einen kleinen Busch vor dem dritten Zaun. »Du zuerst!«

Sie kroch hindurch. Die Erde war triefend naß. Sie schüttelte den Gedanken an schleimige Würmer, die sie darin vermutete, ab, aber ihre Bluse und die Jeans fühlten sich an, als habe sie Hundertschaften davon zerquetscht.

Ramón reichte ihr ihre Plastiktüte und bugsierte dann Julio vorsichtig durch das Loch. María legte den in eine kleine Decke gehüllten Jungen auf den Boden und streckte ihren Arm durch den Zaun.

»Oh!« freute Ramón sich, daß sie so rasch begriffen hatte, und drückte ihr die Zweige des Busches in die Hand, während er sich unter dem Zaun hindurch zwängte.

Als Ramón neben ihr stand, ließ sie den Busch fallen. Der schmale Strahl der Taschenlampe zeigte, daß er genau in dem flachen Loch stand.

Ramón tarnte das Loch von dieser Seite des Zaunes.

»Perfekt!« sagte er befriedigt. »Da können sie lange rätseln. Komm!«

Er schaltete die Lampe aus. Sie blieben noch einen Moment stehen. Es fiel wenig Mondlicht durch die dichten Kronen der Bäume, aber nach einer Weile gewöhnten sich ihre Augen daran.

Ramón, den Jungen auf dem Arm, zog María mit sich.

»Nimm den Arm vors Gesicht wegen der Zweige!« raunte er.

Der Wald war sehr dicht. Das üppige Unterholz schloß sich hinter ihnen wie ein Vorhang. Schritt für Schritt, nur ganz selten mit der Taschenlampe leuchtend, drangen sie mühsam tiefer und tiefer in den Dschungel. Der gerissene Riemen der Sandale behinderte María, sie stolperte häufig. Es machte sie wahnsinnig, daß sie so gut wie nichts sah, daß sie in ein unheimliches Dunkel hineintappte wie eine Blinde und sich völlig Ramóns kräftigem Arm anvertrauen mußte.

Sie gingen, ohne ein Wort zu sprechen, gut eine Stunde. María fragte sich, wie Ramón sich orientierte. Woher wußte er, daß sie in die richtige Richtung gingen? Was war eigentlich die richtige Richtung?

Ramón schaltete die Taschenlampe ein, ohne sie mit der Hand abzublenden.

»Dort!«

Er beleuchtete den Stamm eines anscheinend riesigen Baumes, dessen hohe Brettwurzeln dick mit Moos überwachsen waren. Dichtes Gesträuch bedeckte den Boden und armdicke Lianen hingen herab. Sie setzten sich zwischen zwei der Brettwurzeln, wo der Boden unbewachsen war.

»Hab ich vor drei Tagen hergerichtet«, sagte Ramón nicht ohne Stolz. »Gemütlich, wie?«

»Sollen wir hier bleiben?« fragte María erschöpft und verwundert.

»Wir ruhen eine Stunde aus. Hast du Durst?«

»Ja. Sehr!«

Ramón holte einen dicken Rucksack und eine lange Machete in einem Lederfutteral aus dem Unterholz. Er stand auf und zog eine dicke Liane heran. Er durchtrennte sie mit einem Hieb. Aus der Wunde drangen dicke Tropfen Wasser.

»Bitte sehr!« bot er ihr mit ausgesuchter Höflichkeit an.

María stand auf und trank in gierigen Zügen. Das Wasser war quellfrisch, kühl und erfrischend. Sie wusch sich das Gesicht und überließ dann Ramón die Liane.

»Danke!« sagte sie und fühlte sich schon wieder viel kräftiger.

»Was ist dein Plan?« fragte sie.

Ramón ließ die Liane fallen und hockte sich neben sie, um im Rucksack zu wühlen.

»Du wirst dich erst einmal umziehen. Deine Bluse leuchtet durch den Wald wie ein großer Schmetterling. Auch deine Hose ist viel zu hell.«

Er zerrte im Schein der Taschenlampe ein blaues Militärhemd und eine dunkelgrüne Hose hervor.

»Hoffentlich paßt es einigermaßen. Es war das kleinste, was ich finden konnte. Und hier sind feste Stiefel.«

»Ramón! Du bist ein Schatz!«

María konnte sich nicht zurückhalten, Ramón kurz, aber kräftig zu umarmen.

»Mach das Licht aus, mein lieber Indio!«

Gehorsam löschte Ramón die Lampe, während sie begann, ihre Bluse aufzuknöpfen.

»Wie geht es weiter?« fragte sie.

»Wir gehen zum Río Yatua«, erklärte Ramón bestimmt.

»Dafür brauchen wir etwa eine Woche, denke ich. Dort bauen wir uns ein Floß und lassen uns zum Casiquiare hinuntertreiben. Von dort gehen wir wieder durch den Dschungel nach Kolumbien. Dort müßten wir sicher sein.«

»Und in Kolumbien?«

»Weiß ich nicht genau. Ich habe fast zweihundert Dollar gespart.«

»Gut. Gib mir die Hose.«

»Ich hoffe nur, daß wir auf keine Indios treffen.«

»Sind die wirklich so gefährlich?«

»Es soll einige Völker geben, die absolut keinen Kontakt zur Außenwelt haben wollen, sagen die Leute. Sie sollen sehr aggressiv sein.«

»Wenn wir vorsichtig sind, wird es schon gutgehen«, sagte María unbegründet optimistisch. »Wir zwei schaffen das schon.«

Ramón hörte, wie sie sich die Hose anzog.

»Wann werden sie entdecken, daß wir fehlen?« fragte sie.

»Ich habe bis übermorgen frei«, antwortete Ramón. »Wie ist es bei dir?«

»Spätestens um zehn Uhr vormittags. Ich habe eine Verabredung mit der blonden Pamela.«

Ramón lachte leise.

»Dann haben wir schon eine Menge Vorsprung, bis sie entdecken, wohin wir gehen. Ich habe auf der anderen Seite des Zauns in Richtung Río Siapo mit der Machete eine falsche Spur gelegt. Sie werden zuerst in dieser Richtung suchen«, sagte er zufrieden. »Hast du Hunger?«

»Nein.« María setzte sich neben ihn und stopfte ihre Jeans und die Bluse in den Rucksack. Sie probierte die Stiefel.

»Zwei Nummern zu groß«, stellte sie fest. »Aber allemal besser als die Sandalen.«

»Halt!« hielt Ramón sie zurück. »Wirf sie nicht weg!«

»Du hast recht«, stimmte María zu und packte sie zu den Jeans. »Laß mich noch ein Weilchen ausruhen, dann können wir weiter.«

Sie saßen schweigend. Aus dem Wald drangen, wie sie erst jetzt bemerkte, leise Geräusche. Es zirpte, raschelte, raunte, pfiff und bellte immer deutlicher. Ihr Gehör begann, sich auf die feinen Laute einzustimmen.

»María.«

Ramóns Stimme klang kleinlaut.

»Ja, Ramón?«

»Ich muß dir etwas sagen.«

»Oh, Ramón. Bitte keine Probleme jetzt!«

»Ich muß es dir aber sagen.«

»Dann sag's schon!«

»Ich hab ein Mädchen. Zu Hause in Apapurén.«

»Ach, Ramón!«

»Sie heißt Ahahuyén«, fuhr er trotzig fort, »aber in der Stadt nennt sie sich wie du: María. Sie wartet auf mich.«

»Ach, Ramón, ich freue mich für dich!«

Ohne es in der Dunkelheit sehen zu können, spürte sie, wie er überrascht und erleichtert zu ihr blickte.

»Ich muß dir gestehen, ich habe auch einen Freund«, gestand sie. »Das heißt, ich hoffe, daß Valentín noch auf mich wartet. Vielleicht hält er mich längst für tot.«

Urplötzlich schossen ihr Tränen in die Augen. So lange hatte sie nicht mehr an Zuhause gedacht, nicht an die Familie, nicht an ihr Barrio, den Gesundheitsposten, an die Universität. Und nicht an Valentín. Sie schluchzte heftig auf und ließ sich in Ramóns Arme sinken.

»Schschscht!« machte er und wiegte sie sanft in seinem Schoß hin und her. »Wenn er dich liebt, dann weiß er, daß du lebst, und wartet auf dich.«

María antwortete nicht. Sie weinte mit zuckenden Schultern.

»Laß mich einen Moment so liegen«, bat sie. »Es tut so wohl.«

Ramóns Körper fühlte sich gut an, kräftig und vertrauenerweckend.

»Es ist gut«, hauchte Ramón. »Alles ist gut.«

DRITTER TEIL

Fast lautlos glitten die Boote den schlammig braunen Fluß hinauf. Die solarbetriebenen Elektromotoren erlaubten keine sehr hohe Geschwindigkeit, aber Arthur hatte befohlen, die starken Diesel-Außenborder erst auf dem Rückweg einzusetzen, wenn sie unter Umständen sehr schnell sein mußten. Viel Treibstoff konnten sie nicht mitschleppen.

Er saß neben Jaime vorn im ersten Boot, seinen Laptop auf den Knien. Jaime, der schweigsame Guerillaführer, hatte keinen Blick dafür übrig. Er beobachtete mit zu schmalen Schlitzen zusammengekniffenen Augen die dicht bewachsenen Ufer des Río Negro. Ab und an begegneten ihnen kleine, mit Früchten und Säcken überladene Boote mit freundlich, aber stumm grüßenden Indios, die anscheinend zum Markt nach San Felipe fuhren.

In unregelmäßigen Abständen wich der Wald vom Ufer zurück. Inmitten der dort angelegten Felder und Bananenplantagen standen wackelige Bretterhütten auf schlanken Pfosten, die erkennen ließen, wie hoch der Fluß in der Regenzeit anschwellen konnte. Man konnte das Grunzen der schwarzgefleckten Schweine hören, die unter den Hütten angebunden waren.

Nur selten traf die Expedition auf kleine Siedlungen, wo ihre seltsamen Boote großes Erstaunen vor allem unter den Kindern hervorriefen. Die meisten der schweigsamen Männer saßen unter den niedrigen Dächern, auf denen blauglänzend die Solarpaletten angebracht waren, die die Motoren versorgten.

Lachend und schreiend verfolgten die Kinder der Dörfer in ihren Einbäumen die fremdartigen Boote, um dann nach einiger Zeit unter heftigem Winken zu ihren Dörfern zurückzukehren.

»Es kann nicht mehr weit sein«, murmelte Arthur und sah vom Bildschirm auf. Das satellitengestützte Navigationssystem zeigte den Einfluß des Casiquiare nur wenige Kilometer entfernt.

Jaime nickte und dirigierte die Boote mit einer Armbewegung auf die gut zweihundert Meter entfernte rechte Flußseite. Wie alle Männer trug er Zivil, ein zerschlissenes T-Shirt mit einer verblichenen Reklameaufschrift und vielfach geflickte Hosen, die von einer dünnen, bunt gescheckten Schlangenhaut gehalten wurden. Um die Stirn hatte er ein schmal zusammengefaltetes rotschwarzes Tuch gebunden, das er nie, nicht einmal zum Waschen oder beim Baden im Fluß, abnahm. Er war barfuß, wie fast alle seine Männer. Nur seine teure Armbanduhr stand in deutlichem Kontrast zu dieser ärmlichen Erscheinung: ein robuster, zuverlässiger Chronometer Schweizer Herkunft.

Arthur war sehr zufrieden mit Howies Auswahl der Männer, die unter der ideologischen Führung des Jesuiten-Padre Jerónimo ihr angestammtes Gebiet in der gesamten Provinz Guainía gegen den Einfluß der Zentralregierung in Bogotá und vor allem gegen das vermehrte Eindringen landloser Bauern, goldsuchender Hasardeure und der internationalen Ölmultis zu verteidigen versuchten.

»Unser Kampf dürfte aussichtslos sein«, erklärte der hagere, aus Spanien stammende Priester. »Aber es ist ein Kampf um Menschen- und Naturrechte. David gegen Goliath, wenn Sie so wollen. Deshalb bin ich dabei.«

»Wenn wir unsere Mission beendet haben, werden wir sehen, wie wir Sie unterstützen können.«, antwortete Arthur. »Aber Sie werden verstehen, daß für uns dieses Unternehmen zunächst Vorrang haben muß.«

»Selbstverständlich, Señor Kennedy«, stimmte Padre Jerónimo zu. »Und ich unterstütze es voll und ganz. Auch wenn ich als aufgeklärter Mensch unsere Schöpfungsgeschichte nicht als Tatsache, sondern als einen der Phantasie der damaligen Menschen entsprungenen Mythos betrachte – unsere Indios haben da übrigens viel poetischere Mythen –, so muß ich diese Klonierung von Lebewesen doch als ethisch vollkommen verwerflich bezeichnen. Wie können sich Menschen nur darauf einlassen?«

»Egoismus, purer Egoismus«, antwortete Arthur. Es war gut gewesen, dem nicht mehr jungen, aber sehr agilen und streitbaren Padre über seine persönliche Verstrickung keinen reinen Wein einzuschenken.

»Überheblichkeit! Maßlose Überheblichkeit!« korrigierte der Padre. »Und eine falsche Interpretation der heiligen Schrift. Sich die Erde untertan zu machen, wie es geschrieben steht, heißt, sich die Natur anzueignen, mit ihr in Harmonie und gegenseitiger Freundschaft zu leben, und eben nicht, sich als außenstehend, als Gott zu begreifen!«

»Vermutlich haben Sie recht«, gab Arthur höflich zu. Aber er war nicht gewillt, sich überhaupt und schon gar nicht zu diesem Zeitpunkt tiefer in eine solche Diskussion einzulassen. Im Vordergrund stand die Operation, die Befreiung der Juniors und der anderen Kinder und ihrer Mütter. Darauf mußte jetzt die gesamte Konzentration gerichtet sein.

»Dort!«

Jaime deutete mit ausgestrecktem Arm nach vorn. Arthur griff zum Glas und sah in die angegebene Richtung. Weiß aufschäumend ergossen sich lehmbraune Wassermassen in den Río Negro.

»Die Außenborder!« rief er zum nächsten Boot zurück, und Cliff Cassidy gab den Ruf an Mitch Walkers Boot weiter. Das vierte Boot stand unter dem Kommando von Barry Limes, Howie bildete mit dem fünften die Nachhut.

Die Männer senkten die Schrauben der Außenborder ins Wasser. Nach und nach heulten die Motoren auf, und die Boote gewannen an Fahrt. Hoch spritzten die Bugwellen auf, als sie gegen den Strom in den Casiquiare einbogen. Der Fluß führte viel Wasser, mehr, als sie erwartet hatten.

Arthur sah sich nach den anderen Booten um, die wie das eigene bedenklich auf den Wellen tanzten. Aber wenige hundert Meter nach der Einmündung des Flusses in den Negro beruhigten sich die Fluten, sie konnten die Außenborder ausschalten und glitten wieder ruhig, wenn auch sehr langsam dahin.

Bis zur kolumbianisch-venezolanischen Grenze war es nicht mehr weit, keine zehn Kilometer. Sie würden sie in der Nacht passieren und den Tag über an einer geeigneten Stelle campieren, ehe sie zum Yatua vordringen wollten.

Gleichmütig hockten die Indios in den Booten, ernste, verschlossene Burschen, die unvermittelt in ausgelassene Fröhlichkeit ausbrechen konnten, deren Ursache die Männer der Powell-Truppe nicht immer erkennen konnten. Sie akzeptierten Howie als Chef, so oft er ihnen auch Arthur als »Comandante« oder »Capitán Patrick Kennedy« benannte.

Seit Wochen redeten sich die Kameraden der Powell-Truppe nur noch mit ihren selbstgewählten Falschnamen an, damit auch in einer Streßsituation kein unwillkürlicher Fehler unterlaufen könnte. Barry nannte sich Lyndon, Howie war Charlie, Mitch John, Cliff Richard oder Dick, und Arthur Powell firmierte unter Pat Kennedy.

»Wie bist du eigentlich an diese Guerilla geraten?« hatte Arthur mit einiger Verwunderung Howie gefragt, als sie die erste Nacht im improvisierten Camp der Indios am kleinen Río Aquío verbrachten.

»Ich war«, erklärte Howie nachdenklich, »nach deinem Ausscheiden doch noch zu einem Einsatz hier unten. Drogenbekämpfung, hatte man uns gesagt. Scheiße, Drogenbekämpfung! Aufstandsbekämpfung war das!«

»Du hast nie darüber gesprochen, Champ.«

»Hab ein verdammt schlechtes Gewissen seither, weißt du. Früher hab ich immer gedacht, wenn die Regierung das und das befiehlt, wird es schon okay sein. Dann muß das eben gemacht werden und fertig. Aber hier unten sind mir die Augen aufgegangen.«

»Wie ist das gekommen?«

»Ich blieb nach dem Einsatz noch ein paar Wochen hier. Ich dachte, ich gehe der Sache mal auf den Grund. Vielleicht wollte ich auch zuerst nur meine Zweifel beruhigen. Dann bekam ich Kontakt zu einem Verbindungsmann der FARC, der bewaffneten revolutionären Streitkräfte Kolumbiens, eine sehr disziplinierte, aber ideologisch marxistisch ausgerichtete Truppe. Gefiel mir nicht so. Über diesen Mann kam ich dann an diese indigene Guerilla und an Padre Jerónimo.«

»Und der hat dich zum Befreiungstheologen gemacht, Champ?«

»Laß die Ironie, es ist mir ernst«, brummte Howie. »Ich hab jetzt, sagen wir mal so, meine Werteskala etwas anders geeicht.«

Im Lager am Río Aquío waren mehr als hundert sehr unterschiedlich ausgerüstete Guerilleros versammelt. Mehr als sechzig von ihnen meldeten sich wortkarg freiwillig, um an dem Unternehmen teilzunehmen, das ihnen Padre Jerónimo in einer langen Rede erklärt hatte. Mit Hilfe ihres Anführers Jaime wählte Howie die besten fünfundzwanzig Kämpfer aus.

Nicht alle nahmen die nagelneuen Sturmgewehre an, die Mitch Walker in Cali über die Drogenmafia organisiert hatte, ein Zeichen dafür, wie Howie erklärte, daß sie die Operation nicht wegen der Möglichkeit mitmachten, an eine bessere Ausrüstung zu kommen, sondern von ihrem Wert auch für ihre eigene Sache überzeugt waren. Arthur bestand allerdings darauf, daß sie die olivgrünen, gelb und schwarz gefleckten Uniformen akzeptierten, erstens, weil sie die beste Tarnung im Dschungel waren, und zweitens, weil gerade bei einer Truppe, die sich nicht gut kennt, eine Uniformierung zur deutlichen Unterscheidung vom Feind dringend nötig ist. Dazu genügten die rotschwarzen Tücher, die alle Guerilleros um die Stirn gebunden trugen, nicht.

Die Waffen und Uniformen waren unter den Ausrüstungsgegenständen der Expedition gut versteckt. Cliff Cassidy hatte fast ständig die Kamera auf der Schulter und tat, als filme er die Boote und den Fluß, sobald er fremde Menschen auch nur in Sichtweite wähnte.

Leise surrten die Elektromotoren. Das gegenläufige Wasser gluckste an der niedrigen Bordwand.

Noch zwei, drei Tage und sie würden im Zielgebiet sein.

»Laß uns hier campieren!« schlug Ramón vor. Der kleine Fluß, dem sie seit drei Tagen folgten, öffnete sich in einer Lichtung zu einem flachen Teich mit glasklarem Wasser.

»Schon?« keuchte María.

»Ich sehe doch, wie du dich quälst!«

María ließ sich völlig erschöpft zu Boden sinken. Ihr an etlichen Stellen zerrissenes Hemd war durchgeschwitzt, und die Füße schmerzten höllisch, trotz der Pflaster auf den Blasen, die schon am zweiten Abend aufgeplatzt waren. Glücklicherweise hatte sie verhindern können, daß sich die Blasen entzündeten.

»Tut mir leid, Ramón«, sagte sie, noch immer außer Atem. »Diese Stiefel bringen mich um!«

»War ein Sonderangebot!« antwortete er lakonisch in Erinnerung an ihren eigenen Scherz.

María verzog das Gesicht zu einem schiefen Grinsen. Wenn nur nicht diese Schwüle wäre! Je weiter sie ins Tal abstiegen, desto heißer und feuchter wurde es. Bald würden sie auch mit Moskitos rechnen müssen, hatte Ramón schon gestern gesagt. Die dicken Verbände um die Füße machten zwar die Schuhe etwas bequemer, ließen sie aber um so mehr schwitzen. Immer wieder leckte sie kostbares Salz aus der Handfläche, um ihren Mineralienhaushalt auszugleichen. Bald würden sie kein Salz zum Kochen mehr haben.

Julio hielt sich erstaunlich gut. Die meiste Zeit trug Ramón ihn in der zum Tragetuch umfunktionierten Hängematte auf der Hüfte neben dem Rucksack, der merklich dünner geworden war. Julio schien es zu gefallen, schaukelnd durch die

Gegend getragen zu werden, und schrie nur, wenn er Hunger hatte oder ihn trotz aller Vorsicht ein zurückschnappender Zweig traf. María hatte schnell von Ramón gelernt, daß eine sanft über den Mund des Kleinen gelegte Hand nicht brutal, sondern wirklich beruhigend wirkte.

»So machen wir es mit unseren Kindern«, hatte Ramón gleichmütig erklärt. »In unseren Dörfern hörst du fast nie ein Baby schreien.«

Ramón benutzte die Machete so wenig wie möglich.

»Die Büsche und Lianen haben mir nichts getan«, erklärte er. »Warum soll ich ihnen wehtun? Außerdem ist jede Verletzung der Pflanzen mit der Machete eine Spur.«

»Meinst du, daß sie dicht hinter uns sind?« fragte María.

»Sie werden bemerkt haben, daß die Fährte zum Siapo falsch war. Also werden sie denken, daß wir zum Yatua wollen. Aber wir haben einen guten Vorsprung.«

»Vielleicht sind sie schneller und erwarten uns am Fluß?«

»Gut möglich. Ich kenne den Fluß und den besten Weg dahin nicht. Vielleicht war mein Plan überhaupt blödsinnig«, grübelte Ramón.

»Quatsch!« widersprach María, um ihm Mut zu machen. Aber ein Zweifel blieb und ließ sich nicht abschütteln. Wie eine Klette im Haar, die man nur ab und an und bei bestimmten Bewegungen spürt, war er immer da, auch wenn man nicht an ihn dachte.

»Wir werden sehen, was wir am Fluß vorfinden«, entschied sie zu ihrer und seiner Beruhigung.

Jetzt ließ sie sich einfach auf den Rücken fallen, die Arme und Beine weit von sich gestreckt.

Ramón schwitzte genauso wie sie, aber er zeigte keine Anzeichen einer sonderlichen Ermüdung. Er legte ihr den Jungen auf den Bauch.

»Da, nimm ihn. Ich mach uns was zu essen.«

María nahm Julio in ihre Arme. Der Kleine schlief. Seine Augen bewegten sich unter den durchscheinenden Lidern. Sie hörte Ramón mit dem Rucksack hantieren. Ein guter

Junge, dachte sie dankbar, ehe ihr selbst die Augen zufielen, ohne ihn wären wir verloren.

Ramón sah zu den beiden hinüber, während er den kleinen Gaskocher aufstellte und die letzte Dose mit Nudelsuppe öffnete. Sie kamen langsam voran, aber er hätte nie geglaubt, daß María so zäh war, wie sie es jeden Tag bewies. Tapfere kleine Frau.

Er entzündete den Kocher und stellte die Dose auf die blau züngelnde, leise zischende Flamme. Ab morgen mußten sie vorerst von Früchten und Wurzeln leben. Vielleicht könnte er auch einen Affen oder ein anderes Tier erlegen. Allerdings hatte er sich vorgenommen, das Gewehr nicht zu benutzen. Wer weiß, wie nah die Verfolger waren?

Hübsch, wie die beiden da schlafen, dachte er, so friedlich, als gäbe es nichts Böses auf dieser Welt. Ay, Ahahuyén! Wann werde ich dich wiedersehen?

»Siehst du diesen Stein?« fragte Ramón nach dem einfachen Essen, das er mit ein paar Kräutern aus der Umgebung angereichert hatte. Er ließ einen Kiesel aus dem Bach in seiner dicken Hand hüpfen. »Was denkst du über ihn?«

»Was meinst du?« fragte María ihn verständnislos. Sie knöpfte das Hemd auf, zog den Büstenhalter herunter und gab Julio die Brust. Sie wußte, daß es Ramón nichts ausmachte, dabei zuzusehen. Dennoch wandte er verschämt den Blick ab.

»Dieser Stein ist einmalig, nicht wahr?«

»Alles und jedes gibt es nur einmal auf der Welt, jede Pflanze, jedes Insekt, jeden Kiesel.«

María verstand nicht, worauf Ramón hinauswollte.

»Meine Leute sagen auch, daß alles einmalig ist, nichts gibt es zweimal, auch wenn es oft einander sehr ähnlich ist.«

»Du meinst Julio oder Junior?«

»Ja. Alle diese Kinder.«

Ramón schüttelte den Kopf.

»Ich kann es einfach nicht verstehen, soviel ich auch darüber nachdenke. Meine Leute glauben, die Tiere, die Bäume und anderen Pflanzen, ja sogar die Steine und Felsen, auch die Wolken und die Regentropfen haben eine Seele, einfach alles.«

Er hielt den Stein fast liebevoll in seiner Hand.

»Und ich glaube es auch.«

María legte ihm zart eine Hand auf die Schulter.

»Ich auch«, sagte sie. »Ich will es auch glauben.«

Julio ließ zufrieden ihre Brustwarze aus dem Mund gleiten. Sie zog ihren Büstenhalter zurecht und nahm den Kleinen hoch. Leicht und rhythmisch klopfte sie ihm den Rücken, bis er lautstark gerülpst hatte. Julio wollte nach seiner Mahlzeit nie schlafen, er hatte jetzt Lust zu spielen.

Ramón warf den kleinen Stein ins Wasser.

»Da gehörst du hin«, sagte er mit einem kleinen Lachen und schaute ihm nach, wie er trudelnd auf den Boden des Baches sank. Er stand auf.

»Ich werde die Hängematte aufhängen, es wird bald dunkel.«

»Gut«, antwortete María. »Ich vergrabe die Dose und gehe dann mit Julio ein paar Schritte flußabwärts. Wir müssen dringend baden und unsere Sachen waschen. Gib mir auch dein Hemd.«

Ramón entledigte sich seines Hemdes und reichte es ihr.

»Nimm einen Stock mit wegen der Pez-Rayas. Und laß die Stiefel an«, empfahl er ihr.

María nickte. Schon mehrfach hatte Ramón sie vor den Stachelrochen gewarnt, wenn sie den Fluß durchquert hatten, wo das Gelände es nicht anders zuließ. Aber bisher hatte sie Wald und Fluß als vertrauenerweckende, friedliche Umwelt erlebt und gelernt, daß selbst Spinnen, Frösche und Würmer keinerlei Interesse an ihr hatten, wenn sie ihnen nicht versehentlich zu nahe kam.

»Welches so winzige Tier könnte uns schon als Beute ansehen?« hatte Ramón gelacht, als er ihre anfängliche Ängstlichkeit bemerkte.

»Aber auf die Pez-Raya mußt du aufpassen. Du trittst auf sie, ganz ohne böse Absicht, und ihr Schwanz mit dem

Stachel schnellt automatisch hoch. Die Wunde ist dann tief und heilt schlecht.«

Ramón war verlegen.

»Das habe ich auch von meinem Großvater.«

Der Fluß war stromabwärts noch tiefer. Hier konnten sie sogar schwimmen.

María zog sich vollständig aus, schlüpfte aber gehorsam wieder in die Stiefel. Mit einem Bambusstock, den Ramón ihr mit ein paar schnellen Machetenhieben geschnitten hatte, tastete sie den Boden zwischen zwei großen Steinen ab, ehe sie den nackten Julio dazwischen setzte und ihm einige Kiesel zum Spielen in die dicken Händchen drückte. Der Kleine ließ sie ins Wasser fallen und patschte lachend auf die Oberfläche.

María warf die Hemden, Julios kleine Sachen, ihre Hose und Unterwäsche ins flache Wasser zwischen die Steine in Ufernähe und pflückte ein paar Handvoll Blätter von einer Liane, die Ramón ihr gezeigt hatte. Sie feuchtete die graugrünen, faserigen Blätter an und zerquetschte sie mit einem großen Stein zu einem weißaufschäumenden Brei, den sie mit beiden Händen in die feuchten Kleidungsstücke einrieb. Dann ließ sie sich an einer tieferen Stelle des Flusses ins Wasser gleiten und schwamm ein paar erfrischende Züge, ohne Julio aus den Augen zu lassen.

Es war schön hier. Fast könnte sie sich vorstellen, hier zu leben, hier in diesem tiefen Frieden. Mit Julio und mit einem zuverlässigen, starken Gefährten wie Ramón.

Es würde bald dunkel sein. Sie schwamm zu Julio und den Kleidern hinüber und begann, tief über die Steine gebeugt, ihre Sachen auszuwaschen.

Ramón spähte durch das dichte Blattwerk.

Schön war sie, diese junge Frau, die, naß und glänzend wie ein goldener Fisch, nackt in den zu großen Stiefeln, die vollen Brüste mit jeder Bewegung der Arme vor und zurück schwingend, die weißschäumenden Kleidungsstücke kräftig über den Stein rieb. Der schlanke Körper, das nicht zu breite Becken, die kräftigen, schlanken Beine, die nassen schwarzen Haare, die auf dem goldbraunen Rücken klebten, auf dem die Lichter mit den Schatten tanzten. Schön und verführerisch war sie.

Ay, Ahahuyén!

»Guten Morgen, Caroline, Liebes.«

»Hi, Arthur!«

»Alles in Ordnung?«

»Alles in Ordnung.«

Carolines Stimme, in Denver elektronisch zerhackt und tief im südvenezolanischen Dschungel wieder entschlüsselt, hörte sich fern und traurig an. Ob auch seine Stimme für sie so verzerrt und fremd klang? Arthur versuchte, betont optimistisch und munter zu klingen, um Caroline aufzuheitern.

»Hier auch«, sagte er. »Wir campieren noch am Yatua. In einer Stunde brechen wir in die Berge auf.«

»Ja.«

Der Platz für das Lager war ideal. Die Boote waren gut unter den Bäumen versteckt, die ihre ausladenden Äste bis ins Wasser des Flusses hängen ließen. Ein munterer, kleiner Fluß mündete hier in den Yatua, seine klaren Wasser vermischten sich erst viel weiter flußabwärts mit dem lehmfarbenen des Yatua. Die Fließgeschwindigkeit ließ keine Moskitos zu und das Wasser schmeckte herrlich.

Die Männer rollten ihre Hängematten zusammen und zogen die Uniformen an. Andere kontrollierten die Waffen oder wuschen und rasierten sich. Howie und Cliff demontierten die Solarpaletten und verstauten sie in den Booten, bevor sie sie mit Tarnnetzen unsichtbar machten. Barry verteilte Plastiksprengstoff, Kabel und Handgranaten an die Männer und besprach noch irgend etwas mit ihnen, während

Mitch seine altbewährte Präzisionsarmbrust zusammensetzte. Die Männer der Powell-Truppe hatten ihre hellen Gesichter mit Schminke gedunkelt. Leises Gemurmel in Spanisch drang zu Arthur hinüber.

Wie damals in El Salvador, dachte Arthur nicht ohne Nostalgie, oder in Honduras.

»Habe ich dich geweckt, Liebes?«

»Was glaubst du? Es ist vier Uhr morgens!«

»Entschuldige. Wie geht es Junior?«

»Junior ist okay«, antwortete Caroline und er hörte, wie sie herzhaft gähnte. »Es gibt nichts Neues von uns beiden.«

Allmählich schien sie wach zu werden.

»Paßt gut auf euch auf!« mahnte sie. »Junior vermißt dich.«

»Küß ihn von mir!«

»Mache ich. Ich küsse dich auch.«

»Ich vermisse euch.«

»Kommt bald wieder! Und paß auf dich auf!«

»Keine Sorge. Was wirst du heute machen?«

»Ich will mit Junior in den Tierpark. Wann rufst du wieder an?«

»Sobald ich kann, vielleicht noch heute abend. Ich weiß nicht.«

»Bis dann, Arthur. Gib acht!«

»Bis dann, Liebes. Küß Junior von mir.«

Arthur legte den Hörer auf. Er haßte diese Art Telefonate, die keine weitere Funktion hatten als die der Beruhigung Carolines.

Er rief die Männer zusammen und rekapitulierte noch einmal den Plan.

»Wir werden diesen kleinen Fluß aufwärts marschieren. Jaime bleibt bei mir. Jeder weiß, zu welcher Gruppe er gehört?«

Die Guerilleros sammelten sich zu je fünf um Mitch, Cliff, Barry, Howie und ihn selbst.

»Wir marschieren in Abständen von fünfzig Metern zwischen den Gruppen und fünf Metern zwischen den einzelnen

Männern. Kampfbereitschaft. Wir sind zwar noch einige Kilometer von den Lagern entfernt, aber achtet trotzdem darauf, leise zu sein. Keine Gespräche. Es gibt keinen Halt, bis ich es sage. Sollte ein Halt aus irgendwelchen Gründen unabdingbar nötig sein, macht den Tukanschrei und gebt den Ruf nach vorn weiter. Ich rechne nicht damit, vor übermorgen auf die Lager zu stoßen.«

Er sah die Kämpfer der Reihe nach an. Einige blickten auf Howie, die meisten waren mit ihrer Aufmerksamkeit bei ihm und Jaime, der neben ihm stand. Er wandte sich an Mitch.

»John, deine Gruppe marschiert voran, danach kommen wir. Charlie, du übernimmst die Nachhut!«

Howie nickte. Auf längeren Märschen fiel ihm immer diese Aufgabe zu.

Die Männer zeigten keinen Widerspruch. Sie wirkten gleichmütig und trotzdem angespannt. Lässig und verwegen standen sie da, ohne jede militärische Disziplin, jeder seine Waffe so umgehängt, wie es ihm am bequemsten war. Einer reinigte sich während der Ansprache mit dem Messer die Fingernägel.

Arthur war zufrieden. Das waren selbstbewußte, gut trainierte Männer, offensichtlich zu eigenen Entscheidungen fähig, so wie man es eben nur bei irregulären Einheiten antrifft.

»Seid ihr bereit, Freunde?«

»Ay, Sir, bereit!« murmelten die Männer der Powell-Truppe, während die Indio-Guerilleros stumm nickten.

»Dann laßt uns gehen!«

Sie marschierten im Wasser des kleinen Flusses, fünf Gruppen zu fünf Mann, einer in den Fußstapfen des Vormannes. Sie kamen gut voran, in fast gleichmäßigem Tempo, trotz der zahlreichen natürlichen Barrikaden aus Felsen und umgestürzten Bäumen, die sich ihnen gelegentlich entgegenstellten.

Nach einer Stunde wandte Arthur sich um. Durch die Schneise in den Bäumen, die durch den schmalen Fluß gebildet wurde, sah er am anderen Ufer des Yatua die höheren Berge der südlichen Sierra aufsteigen. Keine Wolke am Himmel. Es war heiß und schwül, aber Arthur fühlte sich fit und kräftig.

»Vorsicht!« rief Jaime unterdrückt und war mit zwei Sprüngen bei ihm.

Er schlug mit der Machete ins Wasser, das sich sofort rot färbte.

»Anaconda«, lächelte Jaime und deutete mit der Klinge auf den dicken, langen Schlangenkörper, der schon leblos zwischen zwei Steinen klemmte. Arthur beugte sich hinunter und versuchte, das Tier hochzuheben, aber es war zu sehr verklemmt.

»Noch jung«, meinte Jaime. »Höchstens drei Meter lang. Aber schon kräftig genug, ein Bein zu brechen.«

»Danke!« sagte Arthur und tippte Jaime anerkennend mit der Faust auf die Brust.

Jaime nickte grinsend, und sie nahmen den Marsch wieder auf.

Die erste Rast machten sie nach fünf Stunden. Die Männer schlugen wilde Papayas, deren süßer Saft, mit kühlem Wasser vermischt, sie erfrischte. Ohne es befehlen zu müssen, verteilten sich sieben Männer als Wachen. Sie aßen Corned Beef aus Dosen und kalte Yucawurzeln mit Limonensaft.

Arthur war mehr als zufrieden. Sie hatten bestimmt zehn Kilometer geschafft. Allerdings wurde das Gelände nun steiler, und das Tempo würde zwangsläufig langsamer werden.

Howie kam zu ihm herübergeschlendert, um seinen Teller auszuwaschen.

»Wie geht's?« fragte er.

»Besser, als ich zu hoffen wagte!« antwortete Arthur. »Gute Männer, Champ!«

Howie nickte zufrieden.

»Ich bin sicher, wir holen sie raus«, brummte er. »Wir holen sie raus!«

Julio wimmerte leise vor sich hin. Sein Gesicht war rot und zu einer Grimasse verzogen. Schweiß stand ihm auf der Stirn, und winzige Tränen perlten aus seinen blauen Augen, die verwundert und fragend María anblickten.

María und Ramón untersuchten die geschwollene rote Stelle an seinem linken Unterarm, gut einen Zentimeter hoch und drei Zentimeter im Durchmesser.

»Ich denke«, sagte Ramón, »daß es ein Spinnenbiß ist. Bestimmt nicht gefährlich.«

»Hoffentlich hast du recht«, stimmte María zu. »Ich werde ihm trotzdem Antibiotika geben.«

Sie legte Julio einen Handrücken auf die Stirn und machte die Gegenkontrolle mit dem andern Handrücken auf ihrer eigenen.

»Er hat Fieber«, stellte sie fest. »Ich gebe ihm auch eine Viertel Aspirin.«

»Tu das«, sagte Ramón. »Ich bin gleich wieder da.«

Ramón verschwand hinter der grünen Mauer des Waldes. Schon nach wenigen Sekunden hörte sie seine Schritte nicht mehr. Der Dschungel schluckte alle Geräusche und ließ nur die durch, die er wollte: Vogelgesang, Affengeschrei und manchmal das Trappeln eines größeren Tieres in der Nacht. Einmal hatten sie sogar das ferne Fauchen eines Jaguars gehört.

María versorgte Junior. Sie gab ihm auch ein wenig Beruhigungsmittel, damit er schlafen konnte.

Sie saß und wartete. Plötzlich fühlte sie sich mutterseelenallein und verlassen. Wenn Ramón nicht wiederkam? Wenn ihm etwas zustieße? Sie begann zu zittern wie bei einem Schüttelfrost. Trotz der Hitze war ihr kalt. Der Schweiß lief ihr kalt den Rücken hinunter und ließ den Stoff der Bluse und der Hose an ihrem Körper kleben.

Es war ein unheimlicher Ort, eine sehr schmale Stelle des kleinen Flusses, die kaum erlaubte, weiter als fünf, sechs Meter in eine Richtung zu blicken. María hielt Julio in ihren Armen und küßte ihn immer wieder, ohne daß es ihr bewußt war. In welche Richtung war Ramón gegangen? Wo blieb er nur so lange?

Eine Kolonne Blattschneiderameisen hastete eilig in der Nähe vorbei, die hellgrünen Abschnitte von Blättern hoch über ihren Köpfen. Andere wuselten ihnen ohne Fracht entgegen und verschwanden zwischen den Farnen, immer wieder bei den Entgegenkommenden stehenbleibend und anscheinend wichtige Fragen diskutierend. Es war nicht zu erkennen, wohin die fleißigen Tiere ihre Nahrung brachten. Die schmale Straße wurde von etwas kräftigeren und dunkleren Ameisen bewacht, die gelegentlich auch halfen, wenn eine der Arbeiterinnen sich mit ihrem Blattstück irgendwo unter einem Zweig oder Halm verklemmte.

María beobachtete die kleinen roten Insekten. Welch erstaunliche Kraft sie hatten und welch intelligente Organisation! Auf den Blättern würden sie Pilze als Nahrung für sich und ihre Brut züchten.

Wie war das nur möglich? Viel Gehirn konnte schließlich in den Köpfchen, die kaum größer als ein Stecknadelkopf waren, nicht stecken. Trotzdem verhielten sich die Tiere intelligent, vorausschauend und diszipliniert. Wie kommunizierten sie miteinander? Über Duftstoffe? Oder hatten sie eine eigene Sprache, die sie nicht hörte und auch nicht verstehen würde?

Andererseits, überlegte María, unsere vielen Millionen Gehirnzellen sind einzeln auch nicht intelligent. Erst das Zusammenwirken der Neuronen macht es aus. Vielleicht ist es bei den Ameisen genauso? Vielleicht ist die einzelne Ameise nichts, sondern bildet erst mit den anderen gemeinsam ein einziges, in viele Individuen geteiltes Gesamtwesen? Dann war, was sie sah, ein auf flirrenden Beinchen wuselndes Gehirn!

Sie mußte über den Gedanken schmunzeln. Aber dann wurde sie sich urplötzlich wieder ihrer Realität bewußt.

Wo Ramón nur blieb? María hatte keine Uhr, aber sie schätzte, daß er schon eine Stunde fort war. Julio schlief. Er atmete flach und rasch, aber regelmäßig. Sie fühlte ihm die Stirn, das Fieber hatte noch nicht nachgelassen. Ihr Schweiß war getrocknet, sie fror nicht mehr.

Nicht unnötig nervös werden, dachte sie. Nur nicht nervös werden! Ich muß hier warten. Wenn ich ihn suchen gehe, finden wir uns nie wieder!

»George!«

Der unterdrückte Ruf erklang ganz in der Nähe. Ein Mann! Amerikanischer Akzent!

»George?«

María drückte sich in die hohen Farne um ein kleines Bambusgebüsch.

»George!«

Das war noch näher, bestimmt keine zehn Meter entfernt. María angelte mit dem Fuß den Rucksack zu sich unter das niedrige grüne Blätterdach. US-Amerikaner! Das bedeutete Gefahr!

»Was ist, Chas?«

»Hier ist ein kleiner Fluß! Wenn sie schnell weiterkommen wollen, dann diesen Bach runter!«

»Okay, Chas!«

Das war wieder Georges Stimme, deutlich tiefer als die von dem, der Chas gerufen wurde.

»Geh du den Fluß runter. Ich hole die anderen. Wir treffen uns weiter unten.«

»Okay, Mann!«

»Aber sei vorsichtig! Du weißt, Ramón ist bewaffnet!«

»Schon gut!«

María hörte platschende Schritte im Wasser des leise gurgelnden Baches.

Himmel, das Gewehr! Es lehnte da drüben am Baum, drei Meter von ihr entfernt.

Vorsichtig legte María Julio auf den Boden und deckte ihm instinktiv kurz und sanft ihre Hand auf seinen Mund. Langsam, wie in Zeitlupe, schob sie sich durch die dichten Farne.

Sie schaute flußaufwärts. Es war nichts zu sehen und zu hören.

War der Mann stehengeblieben? Sie hoffte es.

Blitzschnell hinüber zu dem Gewehr! Sie riß es an sich und war gerade rechtzeitig in ihrem Versteck zurück, als sie wieder die Schritte hörte. Sie beugte sich über Julio und verhüllte ihn mit ihren Haaren, wieder eine Hand auf seinem Mund. Sie bemühte sich, ihren fliegenden Atem zu beruhigen. Sie hörte ihr Blut in den Adern rauschen und ihr Herz wie wild klopfen.

Nicht hinschauen! Blicke ziehen Blicke an!

Die Schritte gingen vorüber und entfernten sich bergab. María blieb regungslos in ihrem Versteck.

Kurze Zeit später kam eine kleine Kolonne von etwa zehn Männern vorbei. Sie riskierte nur einen kurzen Blick aus dem Augenwinkel.

Grün, gelb und schwarz gefleckte Tarnanzüge, die Hosen in schweren schwarzen Stiefeln bis über die Knie naß. An der Hüfte Pistolentaschen. Vor der Brust trugen die Männer Gewehre.

»He, paß doch auf!« schnauzte einer der Männer auf Spanisch, als ihm sein Hintermann genau vor Marias Versteck in die Hacken trat.

Der Mann blieb stehen, beugte sich herab und griff nach seinem Stiefel.

Als María schnell den Blick abwandte, sah sie noch das Emblem, das auf seinem Ärmel aufgenäht war: Es war das der Wachmannschaft des Lagers! Dasselbe, das sie an ihrem dunkelblauen Hemd trug, das Ramón ihr gegeben hatte.

Die Schritte entfernten sich, ohne daß der harte Griff an ihrer Schulter, den sie jede Sekunde erwartete, sie aus ihrer kauernden Haltung gerissen hatte. Er hatte sie nicht bemerkt! Oh Gott, er hatte sie nicht gesehen!

Wieder begann María zu frieren. Sie hatte einen kaum bezähmbaren Drang, zu weinen und zu schreien. Einfach schreien! Sich gehen lassen! Hinaus mit der Angst!

Die Angst war gekommen, als die eigentliche Gefahr schon vorüber war. Die Männer waren schon einige Zeit fort, als die Angst kam und sie schüttelte. Sie preßte sich eine Hand auf den Mund. Sie wippte im Sitzen vor und zurück, vor und zurück, die Hand fest auf ihren Mund gepreßt.

Aber ihre weit aufgerissenen Augen blieben trocken.

»Ja Liebes, ich passe auf mich auf. Küß Junior von mir.«

»Bye, Arthur!«

»Bye, Liebes.«

Genervt legte Arthur den Hörer auf. Natürlich paßte er auf sich auf! Immer hatte er auf sich aufgepaßt, soweit das bei solchen Unternehmen überhaupt möglich war. Was dachte Caroline denn? Daß er sich bäuchlings auf die nächstbeste Mine werfen würde?

Sie hatte nie wirkliches Verständnis für sein militärisches Engagement gehabt und es als pure, machistische Abenteuerlust verspottet. Gleichzeitig, das wußte er, hatte sie auch immer Angst gehabt, wenn er mit seiner Truppe unterwegs war. Und vielleicht nicht einmal zu Unrecht. Schließlich waren die Operationen, zu denen die Powell-Truppe zusammengerufen wurde, keine harmlosen Trekkingtouren gewesen, obwohl er nie mehr als kleine Kratzer davongetragen hatte. Der Unfall mit der Rakete war bei einer Waffenschulung auf der Basis in Florida passiert und eben nicht bei einer der geheimen Operationen außerhalb der USA.

Ach, Caroline, wenn du wüßtest, wie sehr ich das hier genieße!

Arthur blickte in die Runde. Die Männer saßen erschöpft auf den Steinen am Rande des Flusses. Er hatte Raucherlaubnis gegeben. Noch waren sie weit genug entfernt von der Hochebene, wo die Lager zu suchen waren.

Die Männer waren erschöpft wie er selber auch. Das Gelände war jetzt sehr steil und schwierig. Sie hatten am Vormittag höchstens ganze zwei Kilometer geschafft, weil sie einen Wasserfall umgehen mußten, der wenigstens fünfzig, sechzig Meter hoch war. Damit hatten sie mehr als drei Stunden verbracht.

Hier oben war es geradezu romantisch. Bevor die Wasser silbern aufsprühend in die Tiefe stürzten, bildeten sie hier einen kleinen, stillen See. Die Sonne stand hoch am Himmel. Zwei Stunden Pause, zwei Stunden, um dem Rauschen des Wassers und dem Flüstern der Bäume zuzuhören.

Arthur liebte die Gesichter seiner Männer. So erschöpft und müde sie waren, so entschlossen und zuversichtlich wirkten sie. Viele genossen ihre Zigarette und lächelten versonnen. Einige hatten sich auf den Boden gelegt, den Kopf im Schoß eines Kameraden, der ihren leichten Schlummer, das Gewehr griffbereit, bewachte. Eine eingeschworene Truppe.

Warum machte er sowas?

Arthur lächelte. Natürlich, bei diesem Unternehmen war es sonnenklar, keine Frage. Aber früher? Was hatte ihn eigentlich bis zu seinem Unfall bei der Truppe gehalten ?

Abenteuerlust war sicher dabei, da mußte er Caroline recht geben. Aber das war nicht das einzige. Da war mehr, sehr viel mehr, nicht nur der Ausgleich zu seinem Schreibtischjob, der ihn anödete, seit die Denver Communications eine Größe und eine Arbeitsteilung erreicht hatten, die seine aktive Mitarbeit, von einigen Aufsichtsratssitzungen und Kontrollen oder gelegentlichen Anregungen für die Entwicklungsabteilung abgesehen, eigentlich längst überflüssig machte.

Vielleicht war es, daß bei diesen Operationen, in völligem Kontrast zum Geschäftsleben, immer Unvorhersehbares geschehen konnte, das schnelle Entscheidungen verlangte, deren positive oder negative Auswirkungen augenblicklich spürbar wurden. Der politische Aspekt der Missionen hatte Arthur nie besonders interessiert. Er bekam eine Aufgabe, und er löste sie, das war alles. Er löste sie mit Intelligenz, einem phantastischen Reaktionsvermögen in geistiger und physischer Hinsicht, auf das er stolz war, mit Härte gegenüber seinen Männern und sich selbst und mit dem unbedingten Willen, aus jeder noch so brenzligen Situation als Sieger hervorzugehen. Es waren im Grunde dieselben Tugenden, mit denen er seine Firma groß und zu einem weltumspannenden Konzern gemacht hatte.

Und es war diese Kameradschaft, diese Gleichheit unter den Männern, unabhängig vom Dienstgrad: Es konnte jeden treffen, egal, welchen Rang er bekleidete. Und er hatte nie einem seiner Untergebenen eine Aufgabe übertragen, die er nicht selbst auch übernommen hätte. Darauf war Arthur stolz. Jeder seiner Männer hatte seinen eigenen Charakter, seine speziellen Fähigkeiten, vielleicht sogar seinen ganz eigenen Spleen, aber zusammen bildeten sie eine unschlagbare Truppe, in der jeder für den anderen einstand.

Ja, das war es! Das gegenseitige, bedingungslose Vertrauen in die Zuverlässigkeit des anderen. Das war es auch, was dieses Leben mit den Männern von seinem Leben mit Caroline unterschied.

Caroline hatte sich in seine Arme geflüchtet wie ein kleines, schutzbedürftiges Mädchen, naiv, schwach, hilflos in vielen Dingen selbst des alltäglichen Lebens. Und er genoß, wie er sich eingestand, auch das. Es schmeichelte seinem Ego, wenn sie ihn bitten mußte, dies oder jenes für sie zu erledigen, weil sie nicht selber damit klarkam, selbst wenn er bemerkte, daß sie ihn oft einfach ausnutzte. Caroline war intelligent und manchmal, wie in der Frage von Juniors Klonierung, von geradezu unglaublicher Kraft und Sturheit, aber im allgemeinen war sie hypersensibel und lebte in ständiger Nervosität vor etwas, das sie selber nicht benennen konnte.

Arthur liebte Caroline, das war ihm selten bewußter geworden als hier, an diesem kleinen, romantischen Teich, der dennoch inmitten von Gefahren aller Art lag.

Wahrscheinlich brauche ich beides, dachte er und lächelte wieder, die Gefahr und die Geborgenheit, Carolines Liebe und Howies Freundschaft.

Sanft glitt Arthur in einen leichten Schlaf. Howie und Jaime waren neben ihm. Es gab keine Gefahr.

Der Tukanschrei riß ihn hoch.

Alle Männer griffen im selben Moment zu ihren Waffen und verschwanden im Wald. Arthur preßte sich eng hinter einem dünnen Baum auf den Boden und spähte flußaufwärts.

Wieder kam der durchdringende Tukanschrei von dort oben. Eine der Wachen mußte etwas Ungewöhnliches bemerkt haben. So perfekt der Schrei nachgeahmt war, es war eindeutig kein Vogel, es war eine der Wachen.

»Pst!«

Arthur blickte sich um.

Jaime nickte ihm zu und deutete an, daß er flußauf schleichen wollte. Arthur nickte und reckte den Daumen hoch.

Lautlos verschwand Jaime im Grün des Waldes. Sofort nahm Howie seinen Platz hinter einem moosbewachsenen Felsen ein, das Gewehr im Anschlag.

Sie wechselten nur einen kurzen Blick und richteten dann sofort ihre Aufmerksamkeit wieder auf den Fluß. Alle Fasern ihrer Körper waren in höchster Alarmbereitschaft.

Warten.

»Schschscht! Schschscht, mein Mädchen. Ruhig! Ganz ruhig. Alles ist gut. Ja, ja, alles ist gut. Schschscht!«

Behutsam ließ Ramón seine dicke Hand über Marias Rükken gleiten, auf und ab, auf und ab. Mit der anderen hielt er ihren Kopf an seine Schulter gepreßt und spielte mit den Fingern sanft in ihrem kräftigen Haar.

María klammerte sich an ihn, um seine Nähe, seine Wärme, seine Kraft zu spüren, aber sie konnte noch nicht aufhören, ihren Körper zu schaukeln, vor und zurück, vor und zurück, aber allmählich wurde dieser Bewegungsdrang schwächer, der Rhythmus ihres vom Schluchzen gebeutelten Körpers langsamer.

»Ay, Ramón! Ayayay!«

»Ich weiß, ich weiß«, beruhigte er sie und streichelte sie kräftiger. Trotz der prekären Situation gefiel es ihm, diesen schönen Körper an seinem zu spüren und ihn mit seiner festen zärtlichen Hand zu berühren. Ay, María, ay, Ahahuyén, ay María-Ahahuyén!

»Hast du sie gesehen?«

»Ja, María, ich habe sie gesehen«, antwortete Ramón und zwang sich dabei zu einem gleichmütigen, sogar etwas spöttischen Ton.

»Sie trampeln durch den Wald wie wilde Tapire. Es war leicht für mich, mich rechtzeitig zu verstecken.«

»Sie sind uns jetzt voraus.«

»Ja, María.«

»Wieviele sind es?«

»Ich habe fünfzehn gezählt.«

»Meinst du, daß noch mehr kommen?«

»Nein«, sagte Ramón rasch.

»Warum bist du so sicher?«

»Wir waren fünfundzwanzig Wachmänner im Lager. Ohne mich nur noch vierundzwanzig. Mehr als fünfzehn können sie einfach nicht für die Verfolgung abstellen, ohne daß alles zusammenbricht.«

»Ay, Ramón!«

Noch einmal schüttelte ein heftiges Schluchzen María. Aber es klang nicht mehr so verzagt. Es war sogar ein kleines, glückliches Lachen der Erleichterung darin. Sie löste sich ein wenig aus seiner Umarmung und sah ihm ernst in die Augen.

»Ramón!«

»Ja, María.«

»Laß mich nie wieder so allein, hörst du? Nie wieder!«

»Nie wieder, María! Ich schwöre es dir.«

María ließ ihren Kopf wieder an seine Schulter sinken.

»Schwöre mir nichts, versprich es nur.«

»Ich verspreche es.«

Mit einer kleinen Bewegung ihres Kopfes forderte sie ihn auf, sie weiter im Nacken zu streicheln, was Ramón gerne tat. Es war so schön, sie zu halten und zu spüren, wie sie sich vertrauensvoll enger an ihn schmiegte.

María seufzte erschöpft.

»Halte mich noch eine Weile, nur eine kleine Weile, Ramón. Dann bin ich wieder fit.«

Sie schwiegen, und Ramóns Hand glitt ihren Rücken auf und ab, auf und ab. Wie wohl das tat! Allmählich ging seine ruhige Kraft in sie über.

Es dauerte nur eine Minute, dann machte María sich aus seinen Armen frei.

»Wo warst du, Ramón?«

»Ich habe Medizin gesucht«, antwortete er bescheiden. »Medizin für meinen kleinen Freund. Wie geht es Julio?«

María nahm Julio auf und fühlte ihm die Stirn.

»Unverändert«, stellte sie fest. »Aber er schläft. Das ist gut.«

Ramón hob die schlammigen, unscheinbaren Pflanzen auf, die er achtlos hatte fallen lassen, als er zurückgekommen war.

»Hier!« zeigte er stolz.

»Was ist das?«

»Wurzeln von Papaya, Kürbisschlangenwinde und von der Blume, die wir Großes Feuer nennen. Und etwas Contrayerba-Wurzel.«

María sah ihn erstaunt an.

»Altes Indio-Rezept von Großvater«, grinste Ramón und machte sich daran, die Knollen und Wurzeln im Bach zu waschen.

»Aber, Ramón, sollten wir uns nicht zuerst ein besseres Versteck suchen?«

Ramón blickte sie erstaunt an. Dann schüttelte er den Kopf.

»Welchen Grund sollten sie haben, hierher zurückzukommen?«

María antwortete nicht. Nein, es gab keinen vernünftigen Grund anzunehmen, daß sie umkehren würden. Sie würden bis zum Yatua hinunterlaufen und dort nach Spuren suchen, die die Richtung der Flüchtigen verraten könnten.

»Und wenn doch noch mehr Männer kommen? Wenn sie noch mehr Männer aus den anderen Lagern abgestellt haben?«

Ramón hielt in seiner Tätigkeit inne und dachte nach. Dann sagte er bestimmt:

»Nein, das glaube ich nicht. Sie werden denken, fünfzehn Mann sind mehr als genug, einen stupiden Indio und eine schwache weiße Frau mit ihrem Kleinkind einzufangen.«

Er legte die Wurzeln auf einen dicken, flachen Fels und zerquetschte sie mit einem runden Stein. Allmählich mischten sich die Pflanzen zu einem dicken, weißlichen Brei. Ramón füllte ihn in eine leere Dose, die er sonst zum Trinken benutzte, gab etwas Wasser hinzu und rührte den Brei mit seinem Messer. Es entstand eine zähe, cremige Masse.

»Gib mir den Kleinen!« forderte er María auf. Sie reichte ihm Julio hinüber.

Ramón nahm etwas von dem Brei aus der Dose auf seinen rechten Zeigefinger und strich sie Julio auf die geschwollene rote Stelle am Arm.

»Gegen das Feuer, das auf dem Menschen brennt«, murmelte er in der Erinnerung an seinen Vater und sein Dorf. »Eigentlich fehlt noch Schilfrohrwurzel, aber ich habe keines gefunden.«

»Und das hilft?« fragte María unsicher.

»Das hilft.«

Ramón nickte und reichte ihr den Jungen zurück.

»Mach ihm einen Verband darum, sonst lockt die Salbe Insekten an.«

Während María dem Jungen die weiße Mullbinde um den Arm wickelte, fragte sie: »Was machen wir? Wenn wir weitergehen, stoßen wir vielleicht auf die Männer. Vielleicht sollten wir ein paar Tage hier versteckt bleiben?«

»Du hast recht«, antwortete Ramón nach einer Weile des Nachdenkens. »Ich habe etwas entfernt eine gute Stelle gefunden. Da können wir es ein paar Tage aushalten. Gibt viel Obst und Nüsse dort.«

»Gut«, entschied María und befestigte das Ende des Verbands mit einem Heftpflaster. »Das ist auch für Julio besser.«

In großer Entfernung schrie ein Tucán.

»Laß uns gleich aufbrechen!« schlug Ramón vor. »Ausruhen können wir uns auch dort.«

Er warf sich den Rucksack auf die Schultern, nahm sein Sturmgewehr und ließ sich von María die Hängematte umbinden, damit er Julio tragen konnte.

Wieder schrie der Tucán in der Ferne.

Ramón lauschte. Das war kein Tucán! Gut nachgemacht, aber es war kein Tucán.

»Komm!« drängte er María.

»Komm schnell!«

Stille. Warten.

Warten, daß etwas geschieht.

Warten, ob überhaupt etwas geschieht.

Arthur hörte über sich ein Rascheln. Er blickte hoch. Weit oben hangelte sich an einem fast kahlen Ast des Baumes, unter dem er lag, ein grau-grünes Faultier gemächlich in die Nähe eines anderen Baumes, der von kleinen gelben Früchten überquoll. Es reckte den langen Arm zu einem Zweig des Obstbaumes und packte ihn mit seinen drei langen Krallen, die hell in der Sonne glänzten. Aufgespannt wie ein zottiges Segel zwischen dem kahlen Ast und dem dünnen Zweig, hielt das Tier inne und schaute herunter, als überlege es, ob das wohl gut gehen könne, was es da vorhatte. Arthur konnte sein liebes, hell und schwarz gezeichnetes Gesicht mit der niedrigen Stirn genau erkennen und auch, das es ein Junges auf dem Bauch trug. Mit fast schmerzlicher Langsamkeit löste das Faultier ein Bein von dem kahlen Ast und faßte mit den langen Krallen den des Obstbaumes. Dann folgte in Zeitlupe das zweite Bein und der Körper schwang unendlich langsam herum in den Obstbaum. Arthur ertrug es nicht, länger zuzuschauen, und richtete seine Aufmerksamkeit wieder auf den Fluß.

Nichts.

Stille.

Warten.

Noch einmal schrie der Tucán, diesmal wie in höchster Not. Dann hörte man ein Rauschen in den Blättern der Bäume.

Stille.

Warten.

In die Stille hinein fiel ein Schuß, knapp und sachlich.

Abwarten.

Ein Schuß ist noch kein Gefecht. Ein Schuß bedeutete nicht zwangsläufig eine Gefahr. Ein Schuß kann aus vielen Gründen fallen. Noch sah man keinen Feind. Arthur stellte zufrieden fest, daß keiner der Guerilleros seine Deckung verließ, um wild loszustürmen oder irgendwie anders hektisch zu reagieren. Alle warteten ab. Sehr gut.

Was mochte die Ursache für den Schuß gewesen sein? Sie waren noch viel zu weit entfernt von den Lagern.

Indios?

Es sollte eine Menge Indios hier geben, aber man wußte wenig über sie.

Eine Patrouille der Organisation? Wozu? Zum Jagen vielleicht?

Arthur sah zu Howie hinüber. Er schien die gleichen Gedanken zu haben wie er. Howie legte sein Gewehr beiseite und deutete pantomimisch an, wie er mit einer Flinte auf ein fliehendes Tier zielen und feuern würde. Dazu zuckte er die Achseln.

Arthur zuckte ebenfalls mit den Achseln, nickte aber gleichzeitig. Ja, vielleicht eine Jagd.

Dann fiel wieder ein Schuß, gefolgt von einer ganzen Salve.

Keine Jagd!

Gefecht!

Arthur sah, wie einige der Guerilleros, tief gebeugt und eng in die Gebüsche gedrückt, den Fluß hinaufhasteten. Howie und er sprangen im selben Moment auf. Sie liefen, das Gewehr im Anschlag, den Fluß hinauf, zwanzig, dreißig Meter im Spurt, dann warfen sie sich hinter einem Felsen in Deckung.

Wieder peitschten Schüsse. Wasser spritzte in ihrer Nähe auf.

Weiter vorn, auf der rechten Seite, Schüsse von den eigenen Leuten. Sie sahen, wie einige der Indios winkten und sie aufforderten, weiter nach oben zu kommen.

Vorsichtig pirschten sie los. Nach wenigen Schritten trafen sie auf Jaime, der über einem Mann kniete, dessen Kampfanzug sich auf der linken Brustseite über einer aufgerissenen Stelle rot färbte. Ein Weißer.

»Gringo«, sagte Jaime und stürmte wieder los.

Howie zeigte auf den bunten Aufnäher auf dem Ärmel des Mannes. »Security« war in weißen Buchstaben auf blauem Grund eingestickt.

Arthur faßte den Mann im Genick und hob ihn ein wenig aus dem Wasser.

»Okay, Mann«, sagte er. »Was ist los?«

Der Mann schüttelte kaum merklich den Kopf und röchelte.

»Komm schon! Rede!« herrschte Howie ihn an. »Wir können auch anders!«

Er tippte ihm mit dem Lauf seines Gewehres leicht auf die Wunde. Der Mann stöhnte auf und wand sich in Arthurs Hand.

»Wir dachten ...«

Er brach ab. Auf seinen Lippen bildete sich Schaum aus Blut und Speichel. Weiter oben krachten Schüsse.

»Wasser!« bat der Verwundete leise.

Howie schöpfte mit der hohlen Hand etwas Wasser und träufelte es ihm auf die Lippen.

»Was dachtet ihr? Nun sag es schon!«

»Wir dachten ... wir dachten, der Indio und die Frau ...«

»Was für ein Indio? Was für eine Frau?« fragte Arthur im gleichen harten Ton wie Howie, der seinen Gewehrlauf wieder der Wunde des Mannes näherte.

»Nicht!« bat der Mann angstvoll und spuckte einen Schwall rötlichen Speichel. Howie träufelte wieder etwas Wasser auf die blassen Lippen. Wieder klatschten Kugeln in der Nähe ins Wasser. Arthur und Howie drückten sich tiefer zu dem Liegenden.

»Eine Frau ist mit ihrem Kind geflohen«, röchelte der Verwundete. »Ramón, der verdammte Indio, hat ihr geholfen. Wir ...«

Er brach ab und schloß die Augen.

»Verdammt, er stirbt!« sagte Howie und fuhr fort, dem Mann Wasser zu geben.

Der Verwundete öffnete die Augen und sah Arthur mit flackerndem Blick an.

»Wer ... verdammt, wer seid ihr?« fragte er verwundert.

Arthur schüttelte den Kopf. Der Blick des Mannes brach, sein Kopf wurde schwer in Arthurs Hand.

»Los! Weiter!«

Arthur ließ den Kopf des Mannes fallen, und sie gingen geduckt los. Noch mehr Männer ohne die rotschwarze Kopfbinde der ihren lagen, verwundet oder tot, im Wasser und im seitlichen Gebüsch.

Hundert Meter, zweihundert Meter. Keine Schüsse mehr.

Die Guerilleros waren ausgeschwärmt und durchkämmten den Wald. Schritt für Schritt, stumm, nach allen Seiten sichernd.

Sie trafen auf Mitch.

»Was ist eigentlich los?« fragte er. »Wer sind die Leute?«

»Security von einem der Lager!« klärte Arthur ihn knapp auf. »Sie verfolgen einen Mann und eine Frau, die geflohen sind.«

»Das erklärt manches«, nickte Mitch trocken.

»Es darf uns keiner entkommen!« sagte Howie überflüssigerweise. Das war ihnen allen klar.

Sie sprangen auf und pirschten, immer gut in Deckung, weiter auf der rechten Flußseite den flachen Hang hinauf. Auf der anderen Seite schlichen zwei ihrer Indios, sehr aufmerksam, sich gegenseitig sichernd und mit gleichmütigen Gesichtern, denen man trotz der Anspannung keine Gefühlsregung ansah.

»Runter!« schrie Howie und stieß Arthur zur Seite, während er sich selbst zu Boden fallen ließ. Noch im Fallen sah Arthur, wie Mitch hinter einen Baum sprang und die Indios aus ihrer Deckung Salven feuerten.

Das Feuer wurde erwidert. Mitch schien Ziele gefunden zu haben und gab einzelne Schüsse ab. Arthur wußte: Bei seinen Qualitäten war fast jeder Schuß ein Treffer.

Arthur hatte eine ungünstige Position im Wasser. Gut gedeckt zwar durch einige Felsen, aber ohne Sicht auf das Geschehen. Er mußte sich zudem bei seinem Sturz verletzt haben. In seinem rechten Bein wütete ein dumpfer Schmerz. Das Wasser um ihn war rot gefärbt von Blut.

Verdammt, das ist mein Blut, dachte er noch.

Ramón zog María hinter sich her, ohne darauf zu achten, ob sie Spuren hinterließen oder nicht, egal, ob die Zweige der Büsche sie peitschten oder nicht. Weg! Nur weg!

Das trockene Knallen und Knattern der Schüsse drang nur

gedämpft durch das dichte Laub, aber es kam näher, immer näher.

María hatte es nicht mehr geschafft, Julio in Ramóns Tragetuch zu verstauen. Sie trug ihn im Arm und versuchte, so gut es ging, den Kleinen und sich selbst mit gesenktem Kopf vor den Zweigen und Dornen des dichten Buschwerks zu schützen.

Julio schrie vor Angst, und María konnte bei der wilden Flucht keine Hand auf seinen Mund legen. Sie rannten und rannten. María bekam brennende Seitenstiche.

Der Wald wurde lichter, sie kamen schneller voran.

»Wir sind gleich da!« keuchte Ramón. »Kannst du noch?«

María antwortete nicht, ihre schweißnasse Hand glitt aus Ramóns festem Griff. Sie stürzte und konnte nur mit Mühe verhindern, Julio unter sich zu begraben. Julio weinte laut und war nicht dazu zu bewegen, damit aufzuhören. Die Hand auf dem Mund dämpfte die Lautstärke nur wenig.

»Komm!« forderte Ramón eindringlich. »Dort vorn werden wir ausruhen.«

Er zerrte María hoch und schleifte sie mit dem Jungen über die kleine Lichtung zwischen ein paar schlanke Bäume. Sie ließen sich ausgepumpt zu Boden sinken.

»Wie geht es dir?« fragte er und sah María besorgt in das verzerrte Gesicht. Sie preßte eine Hand in den rechten Unterleib.

»Ich kann nicht mehr, Ramón. Ich kann nicht mehr!«

»Es ist nicht mehr weit!«

»Ramón! Ich bin fertig!«

»Wir bleiben einen Moment hier sitzen«, entschied Ramón. »Aber wir müssen noch weiter. Die Deckung ist miserabel hier.«

Er entsicherte sein Gewehr und spähte um einen der Bäume aus dem Versteck. Dann ließ er sich, auch er außer Atem, wieder neben María und Julio nieder.

»Wir müssen hier weg!« mahnte er. »Die Schießerei kommt immer näher.«

Tatsächlich wurde das unregelmäßige Gewehrfeuer lauter. María nickte.

»Eine Minute, Ramón, eine Minute!« stieß sie hervor. »Bitte!«

Sie versuchte durch Strecken und Beugen des Körpers den Schmerz zu bekämpfen und den Atem zu beruhigen.

»Auf wen kann die Security da nur gestoßen sein?« fragte María atemlos.

Ramón spähte in den Wald. Er schüttelte den Kopf.

»Ich habe keine Ahnung«, erwiderte er. »Aber es müssen ja wohl Feinde der Security sein. Und wenn es Feinde der Security sind, dann ...«

»...dann sind es unsere Freunde!« ergänzte María rasch. »Oh, Ramón!«

Beinahe vergaß sie über dieser freudigen Erkenntnis ihre Schmerzen, die noch immer nicht nachlassen wollten. Julio hatte aufgehört zu schreien, vielleicht auch beruhigt durch die schaukelnde Körperbewegung seiner Mutter, aber er wimmerte noch leise vor sich hin.

»Nicht zu früh freuen!« dämpfte Ramón Marias aufkeimende Euphorie. »Ich kann mir nicht vorstellen, was das für Freunde sein könnten.«

Wieder knatterte eine Salve durch den Wald, sehr nah diesmal. Sie hörten, wie die Kugeln durch die Blätter der Pflanzen dicht bei ihnen klatschten, und duckten sich, so tief es ihnen möglich war. In der Stille nach der Salve hörten sie es im Wald rauschen und krachen, als käme ein aufgescheuchtes Pekari auf sie zugestürzt.

Ramón hockte sich hin und nahm das Gewehr in Anschlag. Mit zusammengekniffenen Augen beobachtete er angespannt die Büsche und Farne bergab, seine Hände zitterten leicht.

Zwei Männer in Tarnanzügen stürzten durch das Gebüsch auf die Lichtung.

» Kannst du noch?«

»Es geht, Chas. Ich verstecke mich hier einen Moment. Lauf weiter!«

Der große blonde Mann rannte, ohne sich umzublicken, weiter und verschwand bergauf, während der dunklere sich auf der gegenüberliegenden Seite der Lichtung hinter einem Baum in Deckung warf.

Es war jetzt still, keine Schüsse mehr, keine Rufe.

Ein gespenstische Stille.

Nur Julios leises Wimmern. Ramón schaute zu María. Sie hatte ihre Hand auf Julios Mund und sah ihn angstvoll an. Julio war bestimmt nur für sie zu hören. Ramón machte eine beruhigende Geste und sah wieder zu der Stelle hinüber, wo der Security-Mann sich versteckt hatte. Alle seine Sinne waren auf das Äußerste angespannt. Er konnte den Mann nicht sehen und vermutete nur, daß er noch dort sein mußte, wo er sich versteckt hatte.

Die kaum hörbaren Geräusche aus dem Wald weiter unten verrieten, daß noch mehr Männer kamen. Aber sie rannten nicht, sie gingen langsam, Schritt für Schritt.

Anscheinend hatte auch der Security-Mann die Geräusche wahrgenommen. Er richtete sich vorsichtig aus seiner Deckung auf. Ramón konnte erkennen, daß er am linken Arm blutete. Sein Ärmel war direkt unter dem aufgenähten Emblem zerfetzt. Es schien allerdings keine schwere Verletzung zu sein, denn er hielt sein kurzes Sturmgewehr kräftig und jederzeit zum Schießen bereit.

Es war Pedro! Ramón erkannte ihn sofort. Richtig, Pedro, der Mestize aus Caracas, der immer darauf bestand, daß sein Vater reiner Weißer war und seine Mutter höchstens ein Viertel Indioblut hatte. Ein ziemlicher Angeber. Prahlte ständig mit Weibergeschichten, die er in ganz Venezuela und sogar im Ausland gehabt haben wollte.

Pedro stand jetzt voll aufgerichtet und preßte sich eng an den kräftigen Baum, der seine Deckung war. Ramón beobachtete, wie er eine Handgranate vom Gürtel löste und den Sicherungsstift herauszog. Dann wartete der Mann, daß die Geräusche der Verfolger näher kamen.

Ramón überlegte fieberhaft, was er tun sollte. Er zielte auf

Pedro, aber er hatte noch nie auf einen Menschen geschossen. Es machte ihm Angst. Gewiß, Pedro war ein arrogantes Arschloch, wie alle von der Wachmannschaft. Aber bestimmt nicht der Schlimmste.

Wer waren die Verfolger? Waren es wirklich Freunde, wie María und auch er selbst im ersten Impuls vermutet hatten? Oder war nur der Wunsch Vater des Gedankens?

Die Zeit verstrich, als sei jede Sekunde eine Minute. Ramóns Anspannung wuchs. Pedro! Eigentlich ein armes Würstchen, dieser Macho.

Ramón wischte sich fahrig seine schweißnassen Hände am Hemd trocken. Die Geräusche der Verfolger kamen näher. Ramón sah, wie Pedros Körper sich noch höher aufrichtete.

Ramóns Schuß krachte, als Pedro zum Wurf ausholte.

María schrie entsetzt auf.

Julio plärrte in voller Lautstärke los.

Pedro wurde, wie vom Blitz getroffen, zu Boden geschleudert.

Instinktiv ließ Ramón sein Gewehr fallen und warf sich schützend über María und den schreienden Julio.

Eine Sekunde später detonierte die Handgranate. Die Splitter prasselten in die Umgebung, zerfetzten die Blätter und klatschten in die Stämme der Bäume.

Er hatte geschossen! Er hatte Pedro getötet!

Ramón rührte sich nicht. Am ganzen Körper zitternd lag er schwer auf María und dem weinenden Julio. Tränen schossen ihm aus den Augen und tropften in Marias Gesicht. Sie schmeckte sie salzig auf ihren Lippen.

»Herr, erbarme dich unser! Christus, erbarme dich unser ...«, stammelte Ramón. »Heilige María, bitte für uns!«

»Aufstehen! Hände hoch!«

Der scharfe Befehl riß Ramón herum.

Er starrte in einen Gewehrlauf. Breitbeinig stand der Mann mit dem dunklen Gesicht und dem rotschwarzen Tuch um den Kopf über ihnen. Er keuchte und schwitzte und zielte mit dem Gewehr genau zwischen Ramóns Augen.

Ramón hob folgsam die Arme. Er sah, wie der Mann einen unsicheren Blick auf María und den Jungen warf. Dann nahm er das Gewehr zur Seite.

Ein Grinsen machte sich auf seinem Gesicht breit und ließ eine Reihe schneeweißer, kräftiger Zähne sichtbar werden.

»Kommt! Es ist vorbei.«

Arthurs Verwundung war nicht schwer. Kein Muskel des Oberschenkels war durchtrennt. Eigentlich war es nicht mehr als ein tiefer Kratzer, der allerdings stark geblutet hatte.

»Kein Grund, gleich in Ohnmacht zu fallen!« grinste Barry, der ihn mit einem Druckverband versorgte. »Mit dem Bein wirst du noch manchen Mambo tanzen.«

Arthur verzog das Gesicht. Die Wunde brannte höllisch. Und es war ihm peinlich, daß er bei der ersten Verwundung seines Lebens gleich das Bewußtsein verloren hatte. So viele Einsätze, so viele Gefahren, so viele Haaresbreiten – und nun das! Sehr peinlich.

Barry zog eine Spritze auf.

»Das bringt dich wieder hoch«, knurrte er. »Zieh die Hose runter!«

Gehorsam entblößte Arthur das Gesäß. Er spürte den Einstich der Nadel nicht, fühlte aber, wie eine Flüssigkeit heiß in den Muskel drang.

»Fertig«, erklärte Barry. »Kannst dich wieder landfein machen, Captain.«

»Danke, Lyndon!« murmelte Arthur und zog die Hose hoch. Vorsichtig versuchte er, aufzustehen und das Bein zu belasten.

Kaum Schmerzen. Er beugte das Bein.

Der Verband drückte, die Wunde brannte, aber der Bewegungsapparat war in Ordnung.

»Also, klärt mich auf. Wie stehen die Dinge?«

Howie wischte sich mit einem großen Taschentuch den Schweiß von der Stirn, tauchte es kurz ins Wasser und fuhr sich noch einmal gründlich über das Gesicht.

»Sieht so aus, als hätten wir sie alle erwischt«, sagte er. »Diese Jungs sind wirklich erste Klasse.«

Er nickte zu Jaime hinüber, der auf einem Felsen saß, das Gewehr quer auf den Oberschenkeln, und eine stinkende Selbstgedrehte rauchte. Jaime verzog keine Miene.

»Anerkennung!« lobte Arthur.

Jaime schnippte seine Kippe ins Wasser und zog leicht einen Mundwinkel hoch. Das war seine einzige Reaktion.

»Eigene Verluste?«

»Du bist praktisch der einzige Verletzte, Captain«, grinste Howie. »Einer der Muchachos hat einen verstauchten Fuß, einige haben ein paar Abschürfungen und andere Kleinigkeiten, das ist alles.«

»Bestens. Was weiter?«

»Nichts weiter«, erklärte Howie. »Acht Tote, ein Schwerverletzter auf der anderen Seite.«

»Der Mann ist nicht vernehmungsfähig«, ergänzte Barry. »Kommt vermutlich auch nicht wieder zu sich. Ich hab ihm eine Antischockspritze gegeben und einen Tropf gesetzt, aber ich fürchte ...«

»Okay«, winkte Arthur ab. »Was ist mit dem Indio und der weißen Frau?«

»Was für ein Indio? Was für eine Weiße?« fragte Barry.

»Einer hat mir und Charlie noch erzählt, daß sie einen Indio und eine Weiße verfolgten, die aus einem der Lager geflohen waren«, erklärte Arthur. »Wir müssen sie finden.«

»Sind schon da«, sagte Jaime seelenruhig und zeigte flußaufwärts.

Die Männer folgten mit dem Blick seinem ausgestreckten Arm.

Etwa fünfzig Meter weiter oben trat ein Guerillero aus dem Wald und kam mit zwei weiteren Menschen im flachen

Wasser langsam herunter. Er stützte eine kleine Gestalt in Uniformhose und blauem Hemd. Neben ihr ein untersetzter Mann, der ein kleines Kind auf dem Arm trug.

Die kleine Gruppe kam langsam näher.

Arthur erkannte, daß die zierliche Gestalt, die der Muchacho stützte, eine Frau war, eine Frau mit langen schwarzen Haaren, die ihr wirr um den Kopf hingen. Der Mann ein Indio, der liebevoll das Gesicht des Kindes an seine Schulter preßte.

Erst als sie nur noch zehn Meter entfernt war, erkannte Arthur die Frau.

Das war Nummer Soundso, die Latina! Eindeutig die Latina! Dann mußte das Kind ...

Junior!

Arthur unterdrückte den Aufschrei, der sich ihm aus der Kehle drängen wollte. Um Himmels willen! Die Frau durfte nicht erfahren, daß er der Vater des Kindes war. Sie würde sicher durchdrehen!

Er stieß Howie und Barry an.

»Kein Wort!« raunte er leise. Laut ordnete er an:

»Lyndon, hol Dick und John und instruiere sie. Wir müssen die veränderte Lage besprechen.«

»Ay, Sir«, knurrte Barry. »Ich habe verstanden.«

Dabei zwinkerte er kurz mit einem Auge und zog los.

Der Indio mit dem Kind auf dem Arm sah die Männer stumm und fragend an. Tränen liefen ihm über das Gesicht.

Der Guerillero setzte die Frau auf einen Felsen, so daß sie sich an einen Baum anlehnen konnte. Sie flatterte am ganzen Körper. Auch sie weinte bitter. Dann hob sie den Kopf und sah die Männer an.

»Ist es vorbei?«

»Es ist vorbei«, antwortete Arthur beruhigend. »Sie sind in Sicherheit.«

María schluchzte laut auf. Ihr Körper verkrampfte sich. Sie schlug die Hände vors Gesicht.

»Ayayay!« schrie es aus ihr. »Ayayay!«

Alle Anspannung, aller Schmerz ließen schlagartig nach. Ihre Gliedmaßen vollführten unkontrollierte Bewegungen, als erleide sie einen epileptischen Anfall. Sie warf den Kopf in den Nacken und schluchzte und lachte.

»Ayayay!«

Die Männer standen stumm und ratlos.

Ramón ging zu María hinüber und legte ihr Julio in den Schoß. Er kniete sich neben sie und umarmte beide mit zuckenden Schultern. Auch seine Nerven hielten nicht mehr.

»Ay, Ramón!«

»Ay, María!«

María fuhr ihm mit der Hand über den runden Schädel mit dem verschwitzten und verfilzten Haar.

Die Männer starrten hilflos auf die Gruppe.

»Laßt ihnen Zeit«, sagte Jaime schlicht.

Die Männer nickten. Da war jetzt nichts zu machen.

Es vergingen etliche Minuten. Dann löste Ramón sich vorsichtig aus der Umarmung. Sorgsam legte er Marias Arme um den Jungen. Marias unkontrollierte Zuckungen hatten aufgehört. Sie drückte Julio zärtlich an sich.

Barry Limes kam mit Mitch und Cliff. Sie stellten sich zu Arthur und Howie. Barry kramte in seinem Rucksack und zog zwei Spritzen auf.

»Wer sind Sie?« fragte Ramón, nachdem er einige Male geschluckt hatte, um die Stimmbänder frei zu bekommen.

»Wir sind Freunde«, sagte Arthur. »Freunde aus den USA und Kolumbien. Mein Name ist Patrick Kennedy.«

Ramón wandte sich Arthur zu. Dieser Mann schien der Chef zu sein.

»Freunde«, wiederholte er tonlos das Wort, als habe es keine klare Bedeutung für ihn.

»Wir haben von den Lagern erfahren«, erklärte Arthur. »Wir sind gekommen, die Lager zu befreien.«

Ramón starrte Arthur an.

»Die Lager!« wiederholte Arthur. »Sie kommen doch aus einem der Lager, nicht wahr?«

Ramón nickte mechanisch. Dann zog eine unbekannte Macht ihm die Beine weg. María schrie auf.

»Ganz ruhig!« rief Jaime ihr zu. »Er ist nur ohnmächtig.«

Mit Howies Hilfe lagerte er Ramóns Beine hoch. Dann nahm er sich sein Tuch von der Stirn, feuchtete es im Wasser an und betupfte Ramóns Stirn.

Barry trat zu María und zeigte ihr vorsichtig die Spritze.

»Ich möchte Ihnen das gern spritzen, es wird Ihnen gut tun.«

»Was ist das?«

María zog unwillkürlich ihren Arm zurück, den Barry schon ergriffen hatte.

»Ein Beruhigungsmittel. Gleichzeitig stabilisiert es Ihren Kreislauf.«

María nickte.

Barry schob den Ärmel ihres völlig zerrissenen Hemdes hoch. Ihr Arm war schmutzig und voller Kratzer von Dornen. Er reinigte sorgfältig mit einem Wattebausch die Armbeuge und gab die Spritze intravenös.

María schaute ihm ruhig zu, die Hand zur Faust geballt.

»Danke«, sagte sie und öffnete die Faust. »Ich bin María Morales aus Managua, Nicaragua. Dies ist mein Sohn Julio. Und dieser Mann ist Ramón, Ramón aus Apapurén.«

Ramón kam zu sich.

»Ich habe ihn erschossen«, flüsterte er. »Jungfrau María, vergib mir. Ich habe ihn erschossen.«

»Wen haben Sie erschossen?« fragte Howie über ihn gebeugt.

»Pedro!« schluchzte Ramón auf.

»Wer ist Pedro?«

»Einer der Wachmänner. Ein junger Mestize aus Caracas.«

Der junge Guerillero, der sie gebracht hatte, schüttelte energisch den Kopf. Er kniete neben Ramón nieder.

»Du hast mir, deiner Compañera, deinem Jungen und auch dir selbst das Leben gerettet«, sagte er eindringlich. »Das zählt.«

Er griff Ramóns Hand und nahm sie zwischen seine beiden Hände. »Ich danke dir. Du hast ein Leben bei mir gut.«

Er nahm sein rotschwarzes Stirntuch ab und legte es Ramón in die Hand.

Ramón schaute den Muchacho ausdruckslos an. Dann nickte er, aber es war zu erkennen, daß er nicht vollständig verstanden hatte.

Howie und der Muchacho halfen Ramón wieder auf die Beine und setzten ihn neben María auf den Felsen. Barry gab auch ihm eine Spritze, nachdem Ramón nach einem kurzen Blick auf María sein Einverständnis genickt hatte.

»Sind Sie in der Lage, mir einige Fragen zu beantworten?« fragte Arthur, als Barry seine Arbeit beendet hatte.

María und Ramón nickten.

»Wir kennen nur die ungefähre Lage der Lager.«, begann Arthur. »Und wir wissen sehr wenig über die Infrastruktur, die Wege, die technischen Einrichtungen, die Art der Bewachung.«

»Gib mir meine Tüte«, bat María, und Ramón holte sie aus dem Rucksack.

Mit noch zittrigen Fingern fischte María ihren Notizblock hervor.

»Hier ist eine Skizze des Lagers, in dem ich war. Es ist das Lager Vier.«

Sie reichte Arthur den kleinen Block mit der dilettantischen Zeichnung, die derart mit Anmerkungen übersät war, daß nur María selbst die Lage der Gebäude noch nachvollziehen konnte.

Die Spritze wirkte Wunder. María und Ramón fühlten sich unerklärlich ruhig und kräftig.

Geduldig erklärte María den Männern, was sie wissen wollten, und Cliff stellte eine neue, größere Skizze her. Ramón bestätigte jede ihrer Angaben und fügte weitere, wichtige Details hinzu.

»Die anderen Lager sind fast genauso angelegt«, sagte er abschließend. »Ich kenne sie nicht so gut wie das Lager Vier, wo ich am längsten war. Aber sie sind praktisch identisch gebaut.«

»Gut«, sagte Arthur. »Ich habe noch eine Frage an Sie, Ramón.«

Ramón sah Arthur aufmerksam an.

»Wir werden María und den Jungen in Sicherheit bringen«, versicherte Arthur. »Wären Sie aber bereit, uns zu den Lagern zu führen? Es wäre uns eine große Hilfe, und ich würde Sie gut bezahlen.«

Ramón schüttelte den Kopf.

»Ich habe María geschworen, sie und den Jungen nicht allein zu lassen«, erklärte er fest. »Ich habe es versprochen.«

Dann fügte er verschämt und leise an:

»Und ich will nicht mehr schießen müssen.«

Arthur sah seine Männer an. Ihre Gesichter waren sehr ernst. Sie sahen María und Ramón nachdenklich an.

»Gut. Ich kann und ich will Sie nicht zwingen«, sagte Arthur schließlich. »Ich denke, daß wir jetzt genug Informationen haben, um die Operation auch so erfolgreich durchführen zu können. Was sagst du, Champ?«

»Ay, Sir.«

»Dick, John, Lyndon?«

»Ay, Sir.«

»Jaime?«

Jaime schaute verwundert auf. Er hatte nicht damit gerechnet, gefragt zu werden.

»Capitán Patricio«, sagte er dann mit einem Anflug von Stolz, »ich denke, mit dieser Truppe ist uns alles möglich.«

»Gut«, beendete Arthur das Gespräch. »In einer halben Stunde ist Lagebesprechung.«

Die Männer nickten und verteilten sich zu den übrigen Kämpfern.

Arthur wandte sich an María. Er mußte sich zwingen, seiner Stimme nicht seine Rührung anmerken zu lassen.

»Eine Bitte habe ich noch.«

»Welche?«

»Würden Sie mir einen Moment lang Ihren Jungen geben?«

María und Ramón schauten ihn verwundert an.

»Ich will ihn nur kurz einmal auf den Arm nehmen«, erklärte Arthur.

María reichte ihm Julio und er nahm ihn auf den Arm und wiegte ihn hin und her und sah ihm in die blauen Augen. Julio erwiderte erstaunt seinen Blick.

»Wissen Sie«, sagte Arthur leise, »ich habe zu Hause auch so einen kleinen Jungen. Genauso einen.«

Wenig später zog Arthur sich an eine einsame Stelle am Fluß zurück und rief Caroline an.

»Ist alles in Ordnung bei dir, Liebes?«

»Aber ja, sorg dich nicht. Und bei dir? Geht es dir gut?«

»Ja, ja!« antwortete Arthur eine Spur zu rasch.

»Was ist passiert?« fragte Caroline sofort nach. Sie hatte ein untrügliches Gespür dafür, wenn Arthur, was selten genug vorkam, nicht ganz aufrichtig zu ihr war.

Auf keinen Fall würde er ihr etwas von seinem Kratzer erzählen, der noch arg brannte, ihn aber kaum in seinen Bewegungen behinderte.

»Sitzt du oder stehst du?« fragte Arthur zurück.

»Um Himmels Willen! Was ist passiert?«

»Setz dich!«

»Nun sag schon!«

»Wir haben einen der Juniors!«

Es rauschte im Hörer. Caroline reagierte nicht. Arthur hatte erwartet, daß sie jubeln würde, lachen, schreien, irgendeine exaltierte Reaktion, aber nichts, nur dieses Rauschen. Dann ganz leise ein Schluchzen.

»Caroline?« fragte er besorgt.

»Ach, Arthur!«

»Caroline, Liebes, bist du in Ordnung?«

»Oh, Arthur, ich bin ja so glücklich!« schluchzte Caroline. »Ich weiß gar nicht, was ich sagen soll.«

»Soll ich später noch einmal ...?«

»Nein, nein! Erzähl schon! Seid ihr also schon in einem Lager?«

»Nein, noch nicht.«

Arthur gab Caroline einen knappen Bericht, was geschehen war, und er betonte, daß es allen gut gehe. Natürlich, die eine oder andere unbedeutende Blessur, aber nichts Ernstes. Auf ihre hartnäckigen Nachfragen gestand er schließlich, daß er einen Kratzer am Bein habe, nicht aber, daß es eine Schußverletzung war.

»Es gibt hier Bäume mit sehr langen Dornen«, erzählte er wahrheitsgemäß, und Caroline gab sich schließlich damit zufrieden.

»Und Junior, wie geht es ihm, ist er gesund?«

Das war es natürlich, was sie am meisten interessierte.

»Der Junge ist kräftig und gesund«, berichtete Arthur. »Er hat irgendeine Infektion am Arm, aber Barry sagt, es ist nichts Schlimmes. Und er ist süß, wie unser Junior vor einem Jahr!«

Wieder hörte Arthur Caroline weinen. Sie hatte noch tausend Fragen, aber sie war nicht in der Lage, sie zu formulieren.

»In drei, spätestens in vier Tagen haben wir auch die anderen beiden!« versprach Arthur.

»Aber du kannst doch unmöglich den Kleinen mitnehmen!« fiel Caroline ein. »Du darfst ihn keiner Gefahr aussetzen! Versprich es mir!«

»Keine Sorge, ich lasse ihn selbstverständlich in Sicherheit bringen.«

»Oh, Arthur! Ich bin so glücklich. Und ich bin stolz auf dich!«

»Danke«, antwortete Arthur nicht ohne Rührung. »Ich muß Schluß machen. Bis bald.«

»Bis bald, mein Lieber! Ich liebe dich!«

»Ich liebe dich auch. Bye!«

»Bye. Und paß auf dich auf!«

Arthur bat Ramón und María mit zur Lagebesprechung.

Vielleicht konnten sie noch mehr Hinweise und Tips geben. Er ließ sich von ihr den Kleinen geben und setzte ihn sich auf den Schoß. Aber schon nach kurzer Zeit begann Junior, unruhig zu werden, zu nörgeln und die Ärmchen seiner Mutter entgegenzustrecken.

Schweren Herzens reichte er den Jungen hinüber. Aber der Kleine war ja noch in einem Alter, indem er sich rasch an seine neuen Eltern und eine fremde Umgebung gewöhnen würde. Das hatte noch Zeit, bis sie zurück in Denver wären.

Das Gespräch ergab, daß sie, ein gutes Marschtempo vorausgesetzt, in drei Tagen auf das Lager Vier treffen würden, das auf ihren Plänen, die sie nach Cliffs Fotos angefertigt hatten, die Nummer Drei trug.

Sie würden vier Gruppen zu fünf oder sechs Männern bilden, die exakt gleichzeitig die zentralen Versorgungsgebäude der vier Lager angreifen würden, in denen die Generatoren untergebracht waren. Es galt, unbedingt zu verhindern, daß aus einem der Lager noch ein Funkspruch oder ein Telefonat abgesetzt werden könnte. María und Ramón konnten berichten, daß es keine netzunabhängigen Mobiltelefone gab.

Barry hatte schon am Río Aquío begonnen, sich die Muchachos auszusuchen, die am besten mit dem Plastiksprengstoff umzugehen verstanden. Sie würden sich in das Gelände einschleichen und die Bomben anbringen. Der Angriff sollte im Morgengrauen stattfinden, genau um vier Uhr würden die Zeitzünder die Sprengladungen explodieren lassen. Im selben Moment würden sie die sicher verwirrten und desorganisierten Wachen angreifen, und je zwei Kämpfer sollten die Tore bewachen, damit keine Flucht über die Wege möglich sein würde.

Laut Ramóns Aussage gab es am Río Siapo mehrere Schnellboote, mit denen man in ein, zwei Tagen nach Siapa gelangen könnte, um die Evakuierung der Frauen und Kinder und der Gefangenen zu organisieren.

Mehr konnte man nicht vorplanen. Der Rest müßte spontan entschieden werden. Jeder Kämpfer hatte sein Walkie Talkie, um Hilfe anzufordern oder überraschende Erkenntnisse weiterzugeben, aber Arthur betonte, daß er großes Vertrauen in die Entscheidungsfähigkeit jedes einzelnen der Männer habe. Er sagte das besonders in Richtung Jaime, aber der zeigte wie üblich keinerlei Reaktion.

»Und nun zu Ihnen«, wandte er sich an María und Ramón. »Ich habe versprochen, Sie in Sicherheit zu bringen.«

Ramón und María sahen ihn erwartungsvoll an. Sie waren beide unendlich müde und erschöpft und konnten ihr Glück noch kaum fassen.

»Welchen der Compañeros können wir dafür abstellen?« fragte Arthur an Jaime gewandt.

»Ich schlage Ernesto vor«, sagte Jaime, ohne nachzudenken. »Das ist der Junge, der die beiden gefunden hat.«

»Gut«, stimmte Arthur zu. »Wir haben unten am Yatua Boote. Ernesto wird euch nach Kolumbien bringen, wo wir unsere Ausgangsbasis haben. Dort könnt ihr euch in Padre Jerónimos Missionsstation erholen, bis wir kommen, um euch zu holen.«

»Was wird dann weiter mit uns geschehen?« fragte María.

Arthur schüttelte den Kopf.

»Lassen Sie uns darüber sprechen, wenn es soweit ist!« meinte er. »Zuerst müssen wir unsere Mission erfüllen.«

Er sah María und Ramón offen an.

»Vertrauen Sie uns!« sagte er beschwörend. »Sie können mir vollkommen vertrauen.«

Sie kamen schnell voran, nachdem sie den mühsamen Abstieg neben dem Wasserfall hinter sich hatten. María und Ramón hatten tief und fest und erholsam geschlafen wie seit Beginn ihrer Flucht nicht mehr, als sie sich im unruhigen, leichten Schlafen und im schläfrigen Wachen alle drei, vier Stunden abwechseln mußten.

Am Morgen badete María lange, wusch sich ausgiebig die Haare und kämmte sie länger als nötig. Dann erst fühlte sie sich sauber und frisch. Sie zog ihre hellblauen Jeans und ihre leichte Bluse an. Die andere Hose und das Militärhemd waren völlig zerrissen und verdreckt. Aber sie packte sie sorgfältig in den Rucksack, um sie bis zu ihrem Lebensende aufzubewahren und eines Tages Julio zu zeigen, wenn sie ihm seine Geschichte erzählen würde. Denn das würde sie eines Tages tun müssen.

Aber bis dahin, wenn diese schwere Aufgabe anstehen würde, war noch viel Zeit.

Die Verabschiedung von Arthur Powell fiel knapp, aber herzlich aus.

»Viel Glück!« wünschte er. »Und geben Sie gut auf den Kleinen acht!«

María umarmte Arthur kurz und dankbar.

»Ich danke Ihnen, Mr. Kennedy«, stammelte sie. »Ich danke Ihnen allen so sehr.«

Arthur antwortete nichts.

Ramón drückte ihm kräftig die Hand.

»Auch ich danke Ihnen von Herzen!« sagte er betont höflich und korrekt. »Und ich wünsche Ihnen viel Glück bei Ihrem kühnen Unternehmen.«

»Danke«, sagte Arthur. »Ein bißchen Glück braucht man immer dabei.«

Dann nahm er Junior kurz auf den Arm und drückte ihn eine Weile fest an sich, ehe er ihn Ramón reichte, der ihn im Tragetuch verstaute. Arthur nickte den beiden noch einmal zu und wandte sich dann abrupt an eine Gruppe von Männern, die mit ihrer Ausrüstung beschäftigt waren.

Die Männer der Powell-Truppe reichten María und Ramón ernst die Hand. Sie wünschten Glück, und sie erwiderten die Glückwünsche. Einige der Indio-Guerilleros, die in der Nähe waren, kamen herüber, um Julio kurz zu streicheln und in die Wange zu kneifen, aber sie nahmen, wie es ihre Gewohnheit war, nicht eigentlich Abschied, wie man es unter Weißen gewöhnt ist. Die meisten schauten kaum auf, als die kleine Gruppe losmarschierte. María kannte dieses Verhalten aus Nicaragua und wußte, daß die Männer ihnen in Gedanken bei jedem Schritt folgten.

Ernesto war, wie alle seine Compañeros, ein schweigsamer Mensch, der mehr mit Gesten und mit den Augen sprach als mit der Zunge. Bevor sie losmarschierten, bestand er darauf, daß Ramón sich das rotschwarze Tuch um sein linkes Handgelenk band.

»So ist es richtig«, murmelte er. »Und nimm es nie ab.«

Ramón schüttelte den Kopf.

»Du bist mir nichts schuldig, Ernesto.«

Aber Ernesto antwortete nicht. Er drehte sich um und ging einfach los, nur mit einer kurzen Handbewegung andeutend, daß sie ihm folgen sollten.

Es gab keine Zwischenfälle auf dem Weg zum Yatua. Ernesto erwies sich als perfekter, wenn auch stummer Reiseführer. Immer wieder deutete er mit einer seiner klaren, knappen Gesten in die Höhe der Bäume, um sie auf besondere Vögel, kleine Affenhorden oder andere Tiere aufmerksam zu machen, die sie ohne ihn kaum entdeckt hätten.

Sie campierten an einer schönen, lichten Stelle des kleinen Flusses, wo María ungesehen mit Julio baden konnte, während die Männer einen grünen Leguan für das Abendessen erlegten und mit würzigen Kräutern und Früchten aus dem Wald zubereiteten. In der Nacht schlief María ruhig und zufrieden. Ramón und Ernesto wechselten sich ab, Wache zu halten.

Schon am nächsten Nachmittag erreichten sie nach schweigsamem, stetigen Marsch den Yatua. Sie ruhten nur kurz, während Ernesto eines der Boote klarmachte. Ramón half ihm, es unter den Bäumen hervorzustaken, dann warf Ernesto den Außenborder an, der in der Stille des Dschungels und des Flusses übermäßig laut aufheulte.

Der Bug hob sich aus dem Wasser, als das Boot den Yatua hinunterschoß.

María und Ramón legten sich auf den Boden des Bootes, und Ernesto warf eine Zeltplane über sie, die sie vor dem Spritzwasser schützte. María hielt Julio im Arm. Ruhig und schnell glitt das Boot dahin. Ernesto hockte im Heck und steuerte. So fuhren sie lange Zeit.

»María?«

»Ja.«

Ramón schaute sie mit seinen großen schwarzen Augen an, die ganz nah vor den ihren waren. Noch nie hatten sie nebeneinander gelegen, noch nie waren sie so nah beieinander gewesen.

»Ich habe den Mann getötet.«

»Ja, Ramón«, sagte María. »Du kanntest ihn, nicht wahr?«

»Ja, aber das ist nicht wichtig. Auch jeder andere hätte eine Mutter und einen Vater, Geschwister und eine Frau, vielleicht auch Kinder, jemanden, der auf ihn wartet. Er wird nicht mehr zu ihnen kommen. Und es ist meine Schuld.«

Seine Augen begannen feucht zu glänzen. María rutschte noch näher an ihn heran und fuhr ihm mit der Hand durch sein frisch gewaschenes, glänzendes und wieder ganz glattes Haar.

»Du hast getötet, damit wir leben können.«

María schmiegte sich müde an ihn und legte ihre Wange auf seine Brust. Sie hörte sein Herz schlagen, ruhig und in einem kräftigen Rhythmus.

»Und du meinst, das entschuldigt mich vor Gott?«

»Ja, das glaube ich«, antwortete María überzeugt. »Du hast ein Leben vernichtet, das stimmt, aber du hast auch wenigstens drei, vier andere Leben bewahrt. Glaubst du nicht, daß es gottgefällig ist, Leben zu bewahren?«

Sie spürte seinen Arm, der sie kraftvoll an sich drückte.

»Danke«, flüsterte Ramón.

María schloß die Augen.

»Du kannst bestimmt in der Mission beichten«, sagte sie leise. »Das wird dir gut tun. Aber ich bin sicher, auch der Padre wird dir nichts anderes sagen.«

Ramón küßte ihr dankbar das Haar.

»Ach, du mein lieber Indio!« flüsterte María.

Als die Dunkelheit hereinbrach, drosselte Ernesto das höllische Tempo des Bootes, fuhr aber weiter, so schnell es die Sicht zuließ.

Hoffentlich krachen wir nicht gegen einen treibenden Baumstamm oder einen Felsen, dachte Ramón, bevor er wie María in einen tiefen, traumlosen Schlaf fiel.

Er erwachte von der Stille.

Ernesto hatte den Motor abgestellt. Es war tiefe Nacht. über ihnen funkelte ein klarer Sternenhimmel. Der Mondschein war sehr hell.

»Die Grenze«, erklärte Ernesto knapp.

Ramón löste ihn beim Paddeln ab, ohne María und Julio zu wecken. Ernesto nahm eine dicke Wurzel aus seinem Rucksack und schälte sie mit seinem Messer. Dann schnitt er dicke Stücke davon und kaute sie mit seinen kräftigen Zähnen. Die zermahlenen Fasern spuckte er über Bord.

Er schnitt auch für Ramón Stücke ab und hielt sie ihm hin. Ramón sah ihn fragend an.

»Hält wach.«

Ramón nahm einige kleinere Stücke und kaute sie. Ein bitterer Saft entstand, den er nur mit Mühe schlucken konnte. Die Männer saßen einander gegenüber, Ernesto mit dem Rücken zum Bug, sie kauten, schluckten und spuckten. Ramón paddelte lautlos, und das Boot glitt langsam im Uferschatten den Casiquiare hinunter.

Einmal ließ Ernesto die strahlend weiße Reihe seiner Zähne aufblitzen, als amüsiere ihn etwas. Aber dann machte sich wieder dunkle Gleichmut auf seinem Gesicht breit.

»Ihr seid ein schönes Paar, ihr zwei«, sagte er, als koste es ihn Mühe, eine so lange Rede zu halten.

Ramón wurde rot und hoffte, daß es in der Dunkelheit nicht zu sehen sein würde.

»Drei«, korrigierte er. »Wir sind drei.«

Ernesto spuckte über die Bordwand, stand auf und nahm Ramón das Paddel aus der Hand. Er deutete ihm, sich wieder zu María zu legen.

»In drei, vier Stunden sind wir in der Missionsstation«, sagte er, ehe er den Motor wieder aufheulen ließ.

Der Marsch der Kampftruppe zu den Lagern verlief nicht ohne Probleme. Arthurs Wunde am Oberschenkel schmerzte und machte ihm das Gehen in dem schwierigen Gelände zur Qual. Er wollte sich nichts anmerken lassen, aber Barry blieb immer in seiner Nähe, und es war ihm sehr recht so.

Sie folgten weiter dem Fluß. Jaime führte einen kleinen Spähtrupp an, der eine halbe Stunde Vorsprung auf die Kolonnenspitze hielt. Die Männer hatten sich zu den Gruppen geordnet, wie sie später zusammen kämpfen sollten, und marschierten in Kampfbereitschaft, die Gesichter mit dunklem Flußschlamm verschmiert, um im Notfall eine bessere Tarnung zu haben, stumm, gleichmütig und aufmerksam.

Zur Sicherheit hatte Arthur angeordnet, die Kolonne noch weiter auseinander zu ziehen: zehn Meter Abstand zum Vordermann. Die Indios hatten nur stumm genickt. So marschierte man auch in der Guerilla, wenn man sich in unsicherem Gelände bewegte und mit Hinterhalten oder anderen Überraschungen zu rechnen hatte. Wer wußte schon, ob nicht noch andere Trupps der Security die Verfolgung aufgenommen hatten, egal, was Ramón meinte.

Das Marschtempo war zügig, aber nicht sehr schnell. Arthur war nicht der einzige, auf den Rücksicht genommen werden mußte. Einer der Compañeros hatte einen verstauchten und mächtig geschwollenen Fuß und lief barfuß. Er ließ Barry nicht an den Fuß heran und vertraute lieber der Behandlung mit der traditionellen Medizin seiner Freunde.

Alle zwei Stunden stoppte die Kolonne für zehn Minuten, alle vier Stunden wurde eine einstündige Rast eingelegt.

Barry versorgte Arthurs Wunde.

»Sie beginnt, ein wenig zu eitern«, stellte er fest, während er ein Päckchen steriler Gaze auflegte und den Verband erneuerte. »Aber die Antibiotika werden das schon wieder in Ordnung bringen. Du müßtest mehr Ruhe haben.«

Arthur biß die Zähne zusammen und nickte.

»Keine Zeit, die Füße hochzulegen«, meinte er gelassen.

»Vielleicht hätten wir dich auch zur Basis zurückschicken sollen«, knurrte Barry zwischen den Zähnen.

»Quatsch!« raunzte Arthur zurück. »Erstens ist dies meine ureigene Mission und zweitens halte ich das hier durch, komme, was wolle.«

Barry antwortete nicht, aber er dachte: Du hältst durch, das weiß ich. Aber ob dein Bein durchhält ...

Gegen Abend des ersten Tages wurde ein Tukanschrei von hinten nach vorn durchgegeben. Die Kolonne blieb stehen, ohne zu ruhen. In einem solchen Fall durfte weder der schwere Rucksack abgenommen noch sich hingesetzt werden. Bestenfalls war es erlaubt, sich gegen einen Baum zu lehnen, um es etwas bequemer zu haben. Aber die Kampfbereitschaft mußte erhalten bleiben.

Arthur schickte einen Guerillero nach hinten, um zu erfahren, was los sei. Keine Schüsse. Aber es mußte einen wichtigen Grund geben.

Der Grund war Howie.

Gestützt auf zwei Männer wurde er angeschleppt.

»Schlangenbiß«, preßte er mit schmerzverzerrtem Gesicht hervor.

»Wie sah sie aus?« fragte Barry, während er Howies rechten Ärmel aufschnitt, um den Arm zu untersuchen.

»Hab das Vieh kaum gesehen«, erklärte Howie. »Braun und grün, glaube ich, nicht sehr groß. Muß auf einem überhängenden Ast gepennt und sich erschrocken haben.«

»Siehst auch schrecklich genug aus«, meinte Barry grinsend, während er sich die gerötete und leicht geschwollene Stelle besah.

»Jedenfalls schrecklicher als dieser Biß«, fügte er beruhigend an und begann, die Wunde zu reinigen.

»Was ist?«

»Das hättest du aber auch selbst feststellen können!« kritisierte Arthur. »Sieh hin, Champ!«

»Du weißt, ich kann kein Blut sehen!« scherzte Howie, nach Barrys beruhigender Aussage sofort wieder obenauf.

Die geschwollene Stelle am Bizeps zeigte zehn oder zwölf wie eine Perlenkette in einem gestreckten Halbrund angeordnete Punkte, aus denen kleine Tropfen Blut quollen.

»Keine Giftschlange!« sagte Howie erleichtert. »Sonst wären da nur zwei schöne, tiefe Löcher.«

»Richtig«, knurrte Barry. »Es gibt hier Wespen, deren Stich gefährlicher ist.«

Er verband die kleine Wunde.

»Okay«, entschied Arthur. »Lange genug Pause gemacht. Wir werden noch eine Stunde marschieren. Dann suchen wir uns einen Platz für die Nacht.«

Er wandte sich an einen Indio. »Gib es nach vorn weiter.«

Der Guerillero verschwand, ohne den Befehl zu bestätigen. Aber Arthur war sicher, daß er verstanden hatte.

Am Ende des nächsten Tages verließen sie den Flußlauf, der zu weit in den Nordwesten führte, und schlugen sich durch den Dschungel, jetzt wieder dichter beieinander, um niemanden zu verlieren.

Und dennoch geschah es.

Wieder der Tucán vom Ende der Kolonne, wo Howie die Nachhut anführte. Der Kurier übermittelte das Verschwinden eines Compañeros. Arthur befahl Halt und gab eine halbe Stunde Zeit für die Suche.

Die Suche dauerte zwei Stunden, dann hatte der Mann sich wieder angefunden. Man konnte ihm keinen Vorwurf machen. Die Vegetation war hier so üppig und dicht, daß selbst bei einem Abstand von fünf Metern zwischen den Männern fast nie Sichtkontakt bestand. Da konnte es leicht geschehen, daß einer den Weg verfehlte und erst nach geraumer Zeit bemerkte, daß er sich allein durch den Dschungel kämpfte.

»Wir marschieren nicht sehr schnell und haben eine Menge Zeit verloren«, meinte Mitch Walker am Abend. Er hatte mit seiner Armbrust vier rote Reiher erlegt, die er nun gemeinsam mit anderen gemächlich rupfte. Es würde ein schmackhafter Braten werden, das letzte warme Essen vor der Aktion.

»Wie kann man Zeit verlieren?« fragte Jaime verständnislos.

Arthur lachte.

»Du hast recht, Jaime!« stimmte er zu. »Die Lager laufen uns schließlich nicht weg!«

»Danke Vater!« sagte Ramón und drückte Padre Jerónimo nach seiner kurzen Beichte und einem langen Gespräch fest und dankbar die Hand. Er war endgültig erleichtert und beruhigt, was Pedros Tötung betraf.

Die Missionsstation des Padre Jerónimo lag in einem kleinen, sauberen Dorf am Río Negro. Etwa dreißig Hütten, alle weiß gestrichen und in sehr gutem Zustand, scharten sich um die kleine Holzkirche, die Krankenstation und die Schule. Sieben Nonnen und ein weiterer Padre arbeiteten hier. Es gab Milchkühe und Bananenplantagen, Hühner, Schweine und ausgedehnte Felder. Ein Dieselgenerator lieferte elektrischen Strom.

»Willkommen in der Zivilisation!« hatte der weißhaarige Priester seine Gäste begrüßt. »Hier sind Sie in Sicherheit.«

Auf der Veranda erstattete Ernesto wortkarg, aber exakt, Bericht. María hatte Julio in eines der Kinderbettchen der Krankenstation gebettet, glücklich über die sauberen weißen Laken und die Freundlichkeit der Nonnen. Mit Ramón saß sie dem Padre und dem Freund, der wieder Zivil trug, gegenüber und hörte zu, ohne ihn zu unterbrechen.

»Ein paar kleine Verletzungen, nur eine Schußwunde dabei. Aber es hat Capitán Patricio nur leicht am Bein gekratzt«, schloß er. »Neun Tote auf der anderen Seite. Keine Überlebenden.«

»Neun Tote?«

Ramón fuhr aus seinem Schaukelstuhl hoch.

»Nur neun Tote?« fragte auch María entsetzt.

»Neun Tote«, bestätigte Ernesto.

Ramón und María wechselten einen schnellen, erschrokkenen Blick.

»Es waren fünfzehn Verfolger!« gestand Ramón kleinlaut.

Ernesto starrte ihn ausdruckslos an.

»Warum hast du das nicht früher gesagt?« fragte er ohne Vorwurf in der Stimme, mehr, als interessiere es ihn einfach.

»Ihr habt gesagt, daß ihr alle erwischt hättet«, verteidigte sich Ramón. »Alle! Aber ihr habt nie eine Zahl genannt. Jedenfalls nicht, wenn ich dabei war. Und ich war so verwirrt und aufgeregt und ...«

»Mir ging es genauso«, sprang María ihm zur Seite. »Es war einfach zuviel nach all den Aufregungen.«

»Vielleicht schaffe ich es noch«, sagte Ernesto und erhob sich ohne Hast.

Er tankte sofort das Boot auf. Ramón half ihm, die schweren Kanister zu schleppen. Das war das Einzige, was er tun konnte. Sie sprachen nicht.

Erst, bevor er ins Boot stieg, wandte sich Ernesto an Ramón.

»Bruder«, sagte er schlicht. Er deutete auf das rotschwarze Tuch um Ramóns Handgelenk und sah ihm ernsthaft in die Augen.

»Du schuldest mir nichts, Bruder«, antwortete Ramón ebenso ernst. »Es war reiner Zufall.«

Sie umarmten sich lange und stumm. Dann stieg Ernesto ins Boot und warf den Motor an.

»Was ist ein Zufall?« schrie er, um den Motor zu übertönen, während das Boot losschoß. Ramón winkte ihm nach. Er hatte keine Chance für eine Antwort.

Am Abend saßen sie mit Padre Jerónimo auf der Veranda. Die nackte Glühbirne zog Insekten an, die sie umschwärmten, sich die Köpfe stießen, die Flügel versengten und schließlich taumelnd zu Boden fielen. Der Priester bot Rotwein an.

»Mein einziger Luxus«, erklärte er lächelnd, »und mein einziges Laster.«

María und Ramón lehnten dankend ab. Im Lager hatte es keinen Alkohol gegeben. Sie hätten ihn jetzt nicht vertragen.

María mußte ihre Geschichte erzählen, und gemeinsam berichteten sie vom Lager, unzusammenhängend, einander ins Wort fallend, aber der Padre hörte aufmerksam und häufig empört zu. Nach mehr als zwei Stunden baten sie, zu Bett gehen zu dürfen.

»Entschuldigen Sie!« bat Padre Jerónimo. »Ich bin unsensibel. Natürlich müssen Sie völlig erschöpft sein.«

Er lächelte die beiden jungen Leute an.

»Und so sind Sie also ein Paar geworden«, stellte er fast amüsiert fest. »Das Leben schreibt merkwürdige Geschichten!«

Ramón und María senkten verschämt gleichzeitig den Blick. Sie spürten, wie ihnen Blut in die Wangen schoß.

»Aber ich sehe doch, daß Sie einander lieben!« sagte Padre Jerónimo sanft.

María und Ramón sahen einander scheu aus den Augenwinkeln an. Dann reichte sie ihm langsam, zögernd die

Hand, er ergriff sie mit seinen dicken, festen Fingern und drückte sie.

Es war herrlich, in dem sauberen Bett zu liegen, dessen Wäsche so wunderbar frisch duftete. Über dem Bett kreiste ein Ventilator und blähte das Moskitonetz.

Sie hatten sich im Dunkeln entkleidet. Julio schlief tief und ruhig in seinem Gitterbettchen neben dem ihren. María kuschelte sich eng an Ramón, der sich vor Aufregung nicht rührte und sich völlig verkrampfte.

»Laß uns einfach nur so liegen«, bat María leise. »Nur so liegen und zusammen einschlafen.«

»Es ist schön, dich zu fühlen«, sagte Ramón mit rauher Stimme. Er streichelte sanft Marias Haar, aber er war einverstanden. Beide spürten, wie sich sein Körper entspannte.

»Ach, du mein lieber Indio.«

Sie frühstückten mit Padre Jerónimo. Der Priester beobachtete Julio, der bei seiner Mutter auf dem Schoß saß und mit einem Löffel spielte, den er mit Begeisterung auf den Tisch schlug. Peng, Peng, Peng!

María schob ihren Teller aus seiner Reichweite und lächelte entschuldigend.

»Sie sehen so nachdenklich aus, Vater«, stellte Ramón fest. »Sie sind in Sorge um Patrick Kennedy und die Guerilleros. Es tut mir so leid, unendlich leid.«

»Ja, meine Muchachos sind eine meiner Sorgen«, sagte Padre Jerónimo. »Aber ich mache mir noch mehr Sorgen um Sie.«

»Aber warum?« lachte María unbefangen. »Wir sind in Sicherheit und Mr. Kennedy hat versprochen, uns weiterzuhelfen.«

»Erschrecken Sie nicht!« sagte Padre Jerónimo. »Aber ich denke, es wäre besser, wenn Sie Patrick Kennedy nicht wieder begegnen würden.«

María hielt Julios Hand fest, damit er nicht weiter mit dem Löffel auf der Tischkante trommeln konnte. Julio brummelte empört und wand sich unter Marias festem Griff.

»Ich verstehe nicht ...«, sagte Ramón und blickte den Priester fragend an.

»Auch ich beginne erst allmählich zu verstehen«, antwortete der Padre. »Aber es ist eigentlich ganz klar.«

Er zeigte auf Julio.

»Dieses Kind ist Ihr Kind, María, nicht wahr? Ich meine, so empfinden Sie es?«

María nickte. Ja, natürlich war Julio ihr Kind!

»Aber genetisch ist es, wenn ich Patrick Kennedy richtig verstanden habe, nicht Ihr Kind. Es ist der Klon eines anderen Kindes.«

Wieder nickte María.

»Sehen Sie sich Ihren Julio an und denken Sie an Patrick Kennedy!«

Ramón fiel es wie Schuppen von den Augen.

»Sie meinen, es ist Pat Kennedys Sohn?« fragte er entsetzt.

María preßte Julio an sich, als solle er ihr schon entrissen werden. Julio begann zu schreien und zu strampeln.

»Nein«, sagte Padre Jerónimo, »ich denke, es ist Marias Sohn.«

»Aber Sie haben recht, Vater! Die Ähnlichkeit ist verblüffend!«

»Julio ist mein Sohn!« schrie María verzweifelt. »Mein Sohn! Hören Sie, mein Sohn!«

»Ich bin ganz Ihrer Meinung!« versuchte Padre Jerónimo, sie zu beruhigen. »Und so soll es auch bleiben.«

»Das heißt, wir müssen so rasch wie möglich verschwinden!« rief Ramón und sprang auf. Er lief um den Tisch zu María.

»María! Wir müssen fort! Kennedy darf uns nicht finden. Hier nicht und auch sonst nirgendwo.«

María heulte unartikuliert auf. Es war so schön gewesen, alles war gut geworden! Und nun?

»Wir dürfen nichts überstürzen!« mahnte Padre Jerónimo. »Bitte fassen Sie sich.«

María riß sich zusammen. Sie war bereit zu kämpfen. Jetzt hatten sie es so weit geschafft, jetzt würden sie auch die letzten Schritte noch hinter sich bringen.

»Nicht wahr, Sie werden uns helfen, Vater.«

Es war keine Frage, die sie an ihn richtete. Es war auch keine Aufforderung. Es war eine schlichte Bitte.

»Wir werden Ihnen helfen. Und wir haben unsere Möglichkeiten«, antwortete Padre Jerónimo ruhig und fest. »Zunächst kann ich Sie hier in der Nähe bei zuverlässigen Leuten unterbringen. Später wird man sehen. Auf keinen Fall dürfen Sie nach Managua oder Apapurén, dort wird man Sie zuerst suchen.«

»Vielleicht sollten wir nicht einmal unsere Familien benachrichtigen?« fragte Ramón.

»Richtig«, stimmte María zu. »Vorerst nicht. Aber später. Später schon, nicht wahr?«

Padre Jerónimo nickte.

»Wir haben die Mission von diesem Patrick Kennedy und seinen Leuten unterstützt, weil wir gegen die Klonierung sind. Das ist eine neue, eine besonders perverse Art der Ausbeutung von Menschen«, schimpfte er enttäuscht. »Und dieser Kennedy, wahrscheinlich heißt er in Wirklichkeit ganz anders, dieser Kennedy hat uns nur benutzt, um sein Kind rauszuholen.«

Er sah María an.

»Sein vermeintliches Kind«, korrigierte er sich.

»Eines verstehe ich nicht!« sagte María nachdenklich. »Er hat Julio doch gesehen, er hat, so, wie er sich verhalten hat, ihn auch erkannt. Das ist mir jetzt klar. Dort im Dschungel habe ich es nicht bemerkt.«

Sie schüttelte den Kopf und sah den Padre fragend an.

»Aber da hatte er doch schon ›seinen‹ Sohn. Warum hat er ihn nicht bei sich behalten und uns zum Teufel gejagt. Und warum zieht er nun noch gegen die Lager?«

»Er kann gar nicht anders handeln!« sagte der Priester. »Meine Leute sind mit ihm gegangen, weil wir ihm idealistische Motive unterstellten, nicht persönliche. Motive, die sie teilen konnten, die die ihren waren. Und sie sind unerbittlich, wenn sie sich hintergangen fühlen. Fünfundzwanzig gegen fünf. Kennedy und seine Leute hätten keine Chance.«

»Und Sie meinen, nur deshalb will er jetzt noch die Lager angreifen?« fragte Ramón zweifelnd, aber er ahnte die Antwort.

»Nein!« antwortete Padre Jerónimo entschieden. »Es ist sicher, daß es noch mehr Klone gibt, die er als sein Eigentum betrachtet.«

Er schüttelte seinen Kopf, daß die langen weißen Haare um seinen Kopf flogen.

»Anders kann es nicht sein.«

Er schlug mit der Hand auf den Tisch.

»Aber die Suppe werden wir ihm mit Vergnügen versalzen!«

Jaimes Kundschafter meldeten am frühen Abend des dritten Tages, daß die Truppe nur noch zwei Marschstunden von den Lagern entfernt war.

Das Lager, auf das sie gestoßen waren, war mit Sicherheit das Lager Vier, aus dem die Flüchtlinge stammten und das sie in ihren Plänen Lager Drei nannten. Als sie das zweifelsfrei festgestellt hatten, waren die Guerilleros unverzüglich umgekehrt, um Meldung zu machen.

Arthur war mehr als zufrieden. Sein Bein hatte gehalten. Sie hatten die Lager gefunden. Der Angriffsplan war gut. Am nächsten Morgen wäre alles überstanden! Noch ehe er zur Lagebesprechung aufrief, telefonierte er mit Caroline. Sie war nervös und mahnte ihn zur Vorsicht.

»Keine Angst, Liebes!« beruhigte er sie. »Ich werde von außen die Koordination übernehmen.«

Aber er konnte Caroline nicht vollständig überzeugen, daß für ihn persönlich keinerlei Gefahr entstehen könnte. Dreimal mußte er versprechen, sie sofort nach der Aktion anzurufen.

»Okay, Männer!« eröffnete er die Besprechung. »Ich schlage vor, die Männer in ihren Gruppen noch heute Nacht in die Ausgangspositionen zu bringen.«

»Richtig«, nickte Jaime als erster der Männer. »Meine Leute sind jetzt heiß. Es wäre falsch, noch einen Tag zu ruhen, weil es keine Ruhe gäbe.«

»Bißchen umständlich ausgedrückt«, konnte Howie sich nicht verkneifen zu bemerken, »aber Jaime hat recht. Ich bin auch dafür.«

»Gut, Charlie. Die anderen? Dick, John, Lyndon?«

»Ay, Sir! Einverstanden!« nickten die drei.

»Ein Änderungsvorschlag gegenüber dem ursprünglichen Plan«, kündigte Arthur an.

Die Männer sahen ihn überrascht an.

»Jaime wird meine Gruppe übernehmen. Mein Bein ist soweit in Ordnung, aber es könnte im Ernstfall zu einem Risikofaktor werden. Ich übernehme statt dessen die Sicherung eines der Tore.«

Jaime inhalierte tief den stinkenden Rauch seiner Zigarette, deren Tabak er mit allem Möglichen anzureichern schien. Er nickte kaum merklich.

»Gute Entscheidung«, stimmte er gelassen zu.

Auch die anderen Männer nickten schließlich nachdenklich. Arthur hatte recht. Sie an seiner Stelle hätten ebenso entschieden und sie wußten, daß dieser Entschluß ihm verdammt schwer gefallen sein mußte.

»Okay, Pat«, sagte Barry stellvertretend für alle.

»Gut«, sagte Arthur befriedigt. »Ruft die Truppe zusammen.«

Als die Männer versammelt waren, erklärte er ihnen die Entscheidungen. Alle waren einverstanden, auch als er sie aufforderte, eventuelle Einwände frei zu äußern, um ihre Gleichrangigkeit zu unterstreichen. Die beste Truppe, die er je hatte!

»Es ist jetzt exakt«, er schaute auf seine Uhr und wartete, bis alle es ihm nachtaten, »es ist exakt achtzehn Uhr siebenunddreißig. Abmarsch um Mitternacht. Jeder kennt seine Position. Mindestabstand zum Zaun einhundert Meter. Eindringen der Bombentrupps genau um drei Uhr vierzig. Zündung der Bomben und Angriff vier Uhr.«

Er blickte in die Runde. Alle Gesichter waren ihm zugewandt.

»Alles klar?«

»Ay, Sir!«

»Alles klar, Capitán.«

»Seid ihr bereit, Freunde?«

»Bereit!«

»Holen wir sie raus!«

»Holen wir sie raus!«

Die Männer verteilten sich und sahen sorgfältig ihre Ausrüstungen durch. Barry erläuterte noch einmal die elektronischen Zünder der Bomben. Alles lief ruhig und geordnet ab. Keiner dachte an Schlaf.

Sie erreichten die vorgesehenen Positionen gegen halb drei morgens. Es war noch dunkel und noch vor der Zeit, in der der Dschungel erwacht. Die nachtaktiven Tiere hatten sich bereits in ihre Verstecke zurückgezogen. Die Tiere des Tages schliefen noch. Es war sehr still.

Auch in den Lagern rührte sich nichts. Die Beleuchtung in allen Gebäuden war ausgeschaltet, nur in den Wachhäuschen, das konnten die Männer aus der Ferne erkennen, flimmerten die Monitore. Es patrouillierten keine Wachen.

Um halb vier erwachten die ersten Papageien. Zehn Minuten später überwanden die Kommandos die Zäune und schlichen zu den Versorgungsgebäuden. Wie Ramón es berichtet hatte, waren sie nicht verschlossen. Die Männer befestigten die Bomben an den Generatoren, aktivierten die Zünder und versteckten sich im Gelände. Sie waren niemandem begegnet und von niemamden bemerkt worden.

Arthur sah auf das Leuchtzifferblatt seiner Uhr. Drei Uhr

siebenundfünfzig. Er gab dem Guerillero, der ihm zugeteilt war, ein Zeichen mit der Hand.

Der Muchacho nickte.

»Bis nachher, Capitán«, sagte er.

»Wie?«

»So sagen wir vor dem Kampf«, erklärte er.

»Bis nachher!« sagte nun auch Arthur und nickte ihm zu.

Sie reichten sich kurz die Hand und krochen los.

In dem Moment, als die Bomben explodierten, sprangen sie auf die Straße, die vom Lagertor wegführte. Sie drückten sich ins Gebüsch rechts und links des Weges und rückten Schritt für Schritt vor, die Mündung ihrer Gewehre auf das Tor gerichtet.

Keine Reaktion.

Kein Schuß.

»Was ist los?« raunte der Muchacho über die Straße.

Arthur machte eine abwehrende Armbewegung. Vorsichtig schlichen sie weiter.

Noch zehn Meter bis zum Tor.

Nichts.

Noch fünf Meter.

Nichts.

Und wenn das Ganze eine Falle war?

Aber dann hätte die Security gewarnt sein müssen. Unmöglich.

Arthurs Walkie Talkie krächzte.

»Capitán! Hier Jaime!«

»Jaime! Was ist los?«

»Ich weiß nicht! Hier ist niemand!«

»Wie niemand?«

»Was ich sage. Niemand!«

»Okay. Geh aus der Leitung!«

»Hier ist Pat! Ich rufe Lager Zwei! Dick! Was ist los?«

»Nichts ist los! Tote Hose!«

Von Howie, Mitch und Barry dieselbe Nachricht. Kein Widerstand, kein Mensch. Nichts.

»Rückzug!« ordnete Arthur an. »Wir warten, bis es hell wird.«

Das mußte eine Falle sein, ein raffinierter Hinterhalt. Vielleicht wartete die Security irgendwo versteckt. Vielleicht waren die Lager vermint.

Es war keine Falle.

Gegen fünf Uhr morgens, mit dem ersten Licht, begannen die Männer, die Lager zu inspizieren. Sie waren geordnet evakuiert worden.

Es war unbegreiflich.

Das Geschirr war abgewaschen. Die Betten ordentlich gemacht. In den Labors und medizinischen Einrichtungen alles aufgeräumt und geputzt. In der Mediothek die Bücher und CDs in den Regalen, die Pflanzen frisch gegossen, die Vögel mit Futter versorgt.

Sie fanden kein Stück Papier, keine Akten, keine persönlichen Aufzeichnungen. Drei zerstörte Computer. Die Telefone lahmgelegt.

Stumm und fassungslos liefen Arthur und die Männer über das Gelände. Vorsichtig erst aus Angst vor Minen. Aber es gab keine Minen.

Sie sammelten sich in Lager Vier. Sie stellten keine Wachen auf.

Deprimiert und ratlos saßen sie herum.

Jaime ließ die Vögel fliegen.

Howie trat zu Arthur, der kraftlos und bewegungsunfähig vor Enttäuschung in einem Liegestuhl am Pool lag, und in den Himmel starrte.

»Ich nehme an, Captain, daß es keinen Sinn macht, sie zum Siapo hinunter zu verfolgen«, sagte er leise.

»Macht keinen Sinn«, bestätigte Arthur tonlos. »Sie sind motorisiert. Sie sind längst über alle Berge.«

»Scheiße!« schrie Howie unvermittelt und schleuderte einen Liegestuhl in den Pool. »Verdammte Scheiße!«

Er ließ sich neben Arthur auf dem Boden nieder.

»Scheiße, Scheiße, Scheiße!« wiederholte er leise.

Dann sah er Arthur aus dem Augenwinkel an.

»Du mußt es Caroline sagen.«

»Oh mein Gott!«

Arthur wurde kreidebleich. Wie, um Gottes Willen, sollte er dieses Desaster Caroline klarmachen? Sie würde durchdrehen. Er fühlte Howies Hand auf seinem Arm.

»Sag ihr, daß wir wenigstens den einen Klon haben«, sagte Howie eindringlich.

»Immerhin haben wir wenigstens den einen.«

Bestseller von Hans Pfeiffer

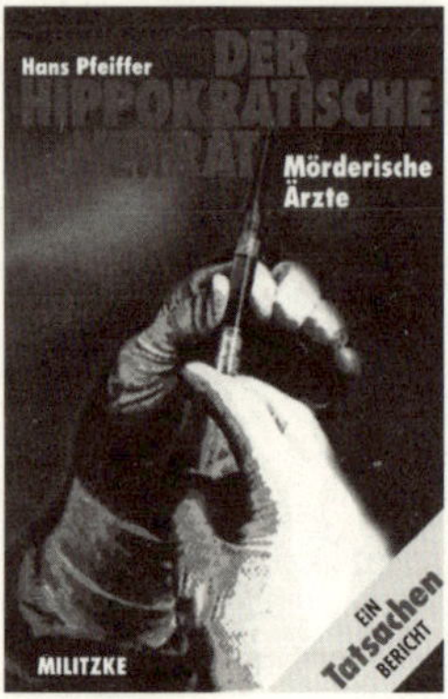

Hans Pfeiffer
Der hippokratische Verrat
Mörderische Ärzte

224 Seiten · Festeinband
ISBN 3-86189-095-X
24,80 DM · 23,00 sFr · 181 öS

Hans Pfeiffer
Zwei Schritte in den Tod
Anwälte und Verbrechen

192 Seiten · Festeinband
ISBN 3-86189-146-8
24,80 DM · 23,00 sFr · 181 öS

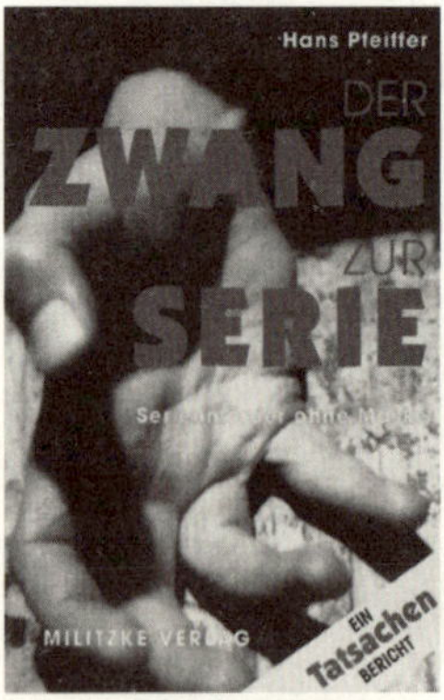

Hans Pfeiffer
Der Zwang zur Serie
Serienmörder ohne Maske

256 Seiten · Festeinband
ISBN 3-86189-087-9
24,80 DM · 23,00 sFr · 181 öS

Hans Pfeiffer
Das Spektrum der Toten
Die tödliche Macht der Seele

160 Seiten · Festeinband
ISBN 3-86189-124-7
24,80 DM · 23,00 sFr · 181 öS

Militzke *mobile*

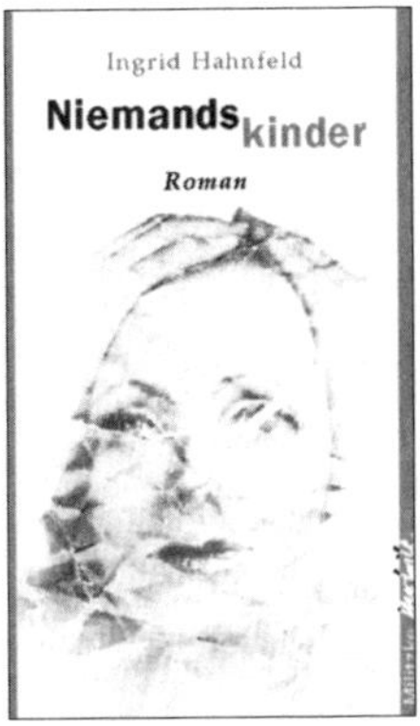

Ingrid Hahnfeld
Niemandskinder
Roman

160 Seiten · Softcover
ISBN 3-86189-182-4
22,00 DM · 20,00 sFr · 161 öS

Hans Pfeiffer
Sieben Tote brauchen einen Mörder
Roman
160 Seiten · Softcover
ISBN 3-86189-183-2
22,00 DM / 20,00 sFr / 161 öS

Rüdiger Schneider
Pandoras Schatten
Roman

224 Seiten· Softcover
ISBN 3-86189-181-6
24,00 DM · 22,00 sFr · 175 öS

Wolfgang Schüler
Narbengesicht
Roman nach einer Idee von Edgar Wallace

224 Seiten · Softcover
ISBN 3-86189-184-0
24,00 DM · 22,00 sFr · 175 öS

Die Deutsche Bibliothek – CIP-Einheitsaufnahme
Ballien, Tilo:
Die KlonFarm / Tilo Ballien.
Leipzig : Militzke, 2000
ISBN 3-86189-185-9

1. Auflage

Lektorat: Ivana Malerba
Umschlaggestaltung: Dietmar Senf
Satz: Claudia Hofmann
Druck und Bindung: Grafisches Centrum Cuno, Calbe